귀로

영웅들전

회귀로 영웅독점 **17**

초판 1쇄 인쇄일 2022년 03월 16일 | **초판 1쇄 발행일** 2022년 03월 23일

지은이 칼텍스 | **펴낸이** 곽동현 | **담당편집 팀장** 이범수
편집부 정요한 최훈영 조혜진

펴낸곳 (주)조은세상 | 출판등록 제2002-23호
주소 서울특별시 동작구 동작대로1길 27 5층
TEL 02)587-2966 | FAX 02)587-2922
E-mail bukdu@comics21c.co.kr

칼텍스ⓒ2022
ISBN 979-11-391-0571-1 | ISBN 979-11-6591-494-3(set)
값 8,000원

칼텍스 퓨전 판타지 장편소설

회귀로

영웅특전

17

북두
(주)조은세상

칼텍스 퓨전판타지 장편소설

FUSION FANTASY STORY

CONTENTS

Chapter 116.

부하들에게 지시를 내리고 양천(楊川) 안으로 들어선 박민아.

서하와 함께 식사를 한다는 꿈에 부풀어 있던 그녀였으나, 그 기대는 순식간에 사그라들었다.

"......!"

걸음을 떼기 무섭게 양천의 상태가 시야에 들어왔기 때문이다.

멀쩡한 곳을 찾아보기 어려울 만큼 파괴된 거리.

일견하기에도 양천의 상태는 상상했던 것보다 심각했다.

그런 충격을 감출 수 없었던 것일까.

서하가 그녀를 바라보며 미안한 기색을 드러냈다.

9

"죄송합니다. 이왕이면 좋은 걸 대접하고 싶었는데 상황이 좋지 않네요. 이해를……."

박민아는 빠르게 표정을 바꾸며 평소처럼 대꾸했다.

"무슨 소리야? 내가 식충이도 아니고 너한테 밥이나 얻어 먹으려고 온 줄 알아?"

그러나 말과는 달리 얼굴이 살짝 붉어지는 것까지는 숨기지 못했다.

서하와 뭘 먹을지, 무슨 주제로 이야기꽃을 피워 갈지 고민하며 온 것은 사실이었으니 말이다.

안일했던 과거의 자신이 강한 후회로 밀려들었다.

'내가 무슨 생각을 하며 온 거람.'

아버지에게 짧게나마 듣긴 했지만, 당시에는 심각하게 받아들이지 않았다.

신평과 동일하게 누구나 제압할 정도의 작은 소요에 지나지 않으리라 여겼으니 말이다.

그렇기에 이렇게 도시가 완전히 파괴되었을 줄은 꿈에도 상상하지 못했다.

'그런 것도 모르고 혼자 들떠서는…….'

고작 반란군 좀 제압한 걸 가지고 의기양양해 버렸다.

그간의 노력이 결실을 맺었다 생각해 만족스러웠고, 2군단 무사들의 시선을 바꾼 것도 흡족했다.

하지만, 이 순간 알 수 있었다.

'나는 성장한 게 아니었구나.'

단순히 무위만으로 선인의 능력을 구분하지 않는다.

넓은 시야와 신속한 판단력, 휘하 무사들을 휘어잡는 통솔력까지.

수많은 척도들이 기준치를 넘어서야 진정한 선인으로 인정받을 수 있다.

나아가 모두가 인정할 무인이 되기 위해서는 대의를 위해 희생할 수 있는 정신적인 측면도 중시해야 했다.

선인으로 임명된 무인이자, 차후 신평을 이끌어 갈 소가주인 자신이 그런 무사의 기본을 등한시해 버린 것이다.

'선인으로서 실격이야.'

이서하와의 재회에 정신이 팔려 정작 중요한 일을 놓치고 있었다는 데 따른 후회가 밀려들었다.

부대를 이끄는 지휘관으로서 무슨 일이 있어도 냉철함을 잃는 것만은 경계했어야 했는데 말이다.

박민아의 부정적인 감정은 거리를 지날수록 부풀어 올랐고, 이윽고 관청의 참혹한 광경을 마주했을 땐 비참함이 극에 이르렀다.

지금까지는 맛보기에 불과했다는 듯, 관청 주변은 초토화 그 자체.

담장은 무너져 형체를 찾아볼 수 없었고, 안뜰은 지진이라도 난 것처럼 곳곳에 균열이 가 있었다.

스스로에 대한 초라함에 고개를 들 수 없었다.

여태껏 이를 묵묵히 지켜보고만 있던 서하가 위로의 말을 건넸다.

"너무 자책하지 마세요. 선배 때문에 이렇게 된 것도 아니잖아요."

"그야 그렇지만……."

"그리고 선배가 생각하는 것만큼 그렇게 최악은 아닙니다."

박민아는 이해할 수 없다는 듯 고개를 갸우뚱했다.

"이게 최악이 아니라고? 대체 얼마나 안 좋아야 최악의 상황인데?"

"희망이 사라졌을 때죠."

이서하는 쓸쓸하게 웃었다.

"그 무엇도 기대할 수 없을 때. 닥쳐오는 절망을 무기력하게 마주해야 할 때. 그 순간이 최악의 상황이죠."

겪어 봤기에 할 수 있는 말이었다.

더 이상 기댈 존재가 전무한 상황 가운데 느끼게 되는 좌절감은 어떤 말로도 형용할 수 없었으니까.

그러나 모순되게도 그러한 경험 덕분에 지금의 참혹한 광경을 마주한 상황에서도 희망을 꿈꿀 수 있었다.

"양천의 상황이 심각하다는 건 부정하지 않습니다. 많은 이들이 죽었고, 피해 복구에도 많은 시간이 소요될 테니까요."

부정적인 상황을 언급하면서도, 서하의 얼굴에선 그런 기색은 조금도 느껴지지 않았다.

"다만, 전에 비하면 미약하지만 의원들이 남아 있고, 약선님도 살아 계십니다. 이 정도면 희망의 불씨가 꺼졌다고 볼 수는 없지 않을까요?"

"그래도 이후를 생각하면……."

"물론 어렵겠죠. 하지만 아예 불가능한 것도 아니잖아요? 해보지도 않고 미리 주저앉는 건 머저리나 하는 짓입니다."

박민아가 고개를 끄덕이자 서하가 은은한 미소로 받아 주었다.

비록 예상치 못한 피해를 입었다지만, 회귀 전 때와 비교하면 오히려 나은 상황이다.

전멸이 아닌 손실에 그쳤으니 말이다.

그리고 생원과와 함께 목령인과 동맹을 체결하는 쾌거를 거두었다.

그러니 과거와 동일한 미래가 반복될 것이라고 확정할 수 없다.

변수는 많고, 정해진 건 아무것도 없으니까.

자신이 포기하기 전까지 끝난 게 아니다.

그렇게 다시 한번 마음을 다잡은 서하가 애써 밝은 목소리로 말했다.

"일단 상황 파악은 여기까지 하시죠. 그리고 시간이 많이 늦었으니 약선님께 인사드리는 건 내일로 미루실까요?"

"그래야지. 이 시간에 찾아뵙는 건 예의가 아니니까."

"그럼 가실까요? 상황이 이래도 약속은 지켜야죠."

그 말에 박민아가 고개를 갸웃거렸다.

"지금 밥을 사겠다고?"

"왜요? 안 될 이유라도 있으세요?"

박민아는 어처구니없다는 얼굴로 주위를 돌아보며 말했다.

"상황이 이런데 밥 먹을 곳이 있어?"

"그럼요. 아주 괜찮은 곳이 있죠. 저만 따라오세요."

서하는 자신만 믿으라는 듯 당당하게 앞으로 걸어갔다.

도무지 이해할 수 없는 언행이었으나 일단 그 뒤를 따를 수밖에 없었다.

그렇게 의문을 품은 채 어느 정도 이동했을 무렵.

서하가 멈춰 서는 것과 동시에 박민아의 얼굴이 당황으로 물들었다.

"설마 밥을 사겠다는 곳이……."

"네, 여기입니다."

"……."

박민아는 미간을 찌푸릴 수밖에 없었다.

서하가 밥을 사겠다며 데리고 온 곳은 평범한 외형의 기와집.

물론 겉이 화려하지 않아도 음식 솜씨가 예술인 곳이 있었기에 이상할 것은 없었다.

문제는 대문 옆에 걸려 있는 명패였다.

거기에 '이서하'라는 이름 석 자가 떡하니 적혀 있었으니 말이다.

한마디로…….

"……여긴 너희 집 아니야?"

"맞습니다."

"집에서 먹자고?"

"네."

그 순간 박민아의 머릿속엔 오만 가지 잡념이 스며들며 뒤엉켜 혼란을 자아냈다.

'자기 집으로 데려와 음식을 대접하겠다고?'

대체 이 상황을 어떻게 받아들여야 할까?

다른 곳도 아닌 이서하의 집이다.

그리고 인원은 그와 본인 단둘뿐.

식사에는 술이 빠질 수 없고, 술을 마시다 보면 분위기가 무르익을 테고, 그 이후엔…….

'아직 마음의 준비가…….'

그렇게 망상에 빠진 박민아와 달리, 이서하는 별다른 고민 없이 문을 열어젖혔다.

"자, 안으로 들어가시죠."

"아, 아무리 그래도 남녀가 단둘이……."

박민아가 얼굴을 붉히며 다급히 만류하려 했으나, 이미 문은 활짝 열려 있었다.

그렇게 벌어진 문 사이로 내부가 드러난 순간.

"한 집에서……."

박민아는 말을 채 끝맺지 못한 채 얼어붙어 버렸다.

"대장님! 왜 이렇게 늦으셨어요? 이미 시작했습니다."

고기를 굽는 한 남자가 그녀의 시야에 들어온 것이다.

박민아도 잘 아는 인물이었다.

광명대의 막내 정이준.

왜 그가 여기 있는 것인가?

순간 박민아의 표정이 싸늘하게 식었다.

지금까지 고민했던 것들이 그저 혼자 지레짐작해 설레발을 쳤다는 뜻이었으니 말이다.

뒤이어 찾아온 민망함에 쥐구멍에라도 숨고 싶은 그 순간.

이서하가 뒤를 돌아보며 물었다.

"방금 뭐라고 하셨나요?"

"……아무것도 아니야."

"내가 잘못 들었나? 그런데 표정은 왜 안 좋으신데요? 혹시 고기 안 좋아하세요? 채식주의 같은 거라든가……."

"하아……."

이 눈치 없는 녀석을 어찌할까? 아니, 일부러 눈치 없는 척을 하는 것일까?

그렇게 이서하를 째려보던 박민아는 이내 피식 웃고는 그의 등을 강하게 때렸다.

"술이 적어 보여서 그런다. 술이."

쾅! 하는 소리와 함께 이서하가 외마디 신음을 내뱉었다.

"억!"

감정이 담긴 한 방에 서하는 몸서리를 쳤다.

"방금 진심으로 때렸죠?"

"그럴 리가. 진심이었으면 벌써 뼈 나갔어."

"아닌데. 분명 진심이었는데."

"아니라고! 그렇게 의심되면, 한번 진심으로 때려 줘?"

"됐습니다. 사서 고생할 생각은 전혀 없거든요. 그리고 술
이라면 걱정 마세요. 드시고도 남을 정도로 충분하게 준비해
뒀습니다."

"나 오늘 작정하고 마실 생각이니까, 부족하면 그 뒤는 알
아서 생각해라."

"밥 먹으러 온 거 아니었습니까?"

"그건 안주고. 어디 얼마나 융숭하게 준비했는지 확인해
볼까?"

그렇게 박민아는 애써 아쉬움을 감추며 앞으로 걸어 나갔다.

어느덧 해가 넘어가고 어둠이 찾아들었다.

마련한 음식을 나누고 술잔을 기울이며 오랜만에 긴장 없

17

이 편안한 시간을 보냈다.

모닥불이 타는 소리와 달콤한 술향이 흥취를 더하며 이 순간을 더욱 행복하게 만들었다.

거기에 이준이의 재담꾼 같은 이야기가 곁들어지며 분위기를 한층 끌어올렸다.

"그때 지율 선배님이 딱! '여긴 내가 맡는다.' 하면서 앞으로 나선 거 아니겠습니까? 진짜 제가 남자만 아니었다면 두 번은 반했을 겁니다."

그러자 김채아 선인이 고개를 갸웃하며 물었다.

"그럼 지금은?"

"아쉽게 여자가 아니라 한 번만 반했네요. 그런 의미로, 지율 선배."

이준이가 장난스럽게 입술을 내밀며 다가오자 지율이느 질색하며 몸을 뺐다.

정말 싫은 모양이다.

정이준의 장난기 가득한 모습에 김채아는 고개를 절레절레 흔들며 말했다.

"와, 진짜 어떻게 사람이 호감 요소가 하나도 없지?"

"그거 너무한 거 아닙니까? 저도 저희 엄마한테는 소중한 아들이라고요."

"그래? 의외네. 너희 어머니가 너 찾아온 적 없지 않아?"

"가, 가끔 찾아옵니다."

그때 묵묵히 밥을 먹던 아린이가 입을 열었다.

"돈 받으려 할 때만 오지 않으셔?"

순수한 표정으로 가하는 폭력에 정이준은 입을 쩍 벌렸다.

주지율은 당황한 얼굴로 입을 열었다.

"그, 그래도 이준이가 능력이 좋으니까 그런 아들을 좋아
하시지 않을까?"

애써 포장해 보지만, 그러기엔 이미 너무 늦은 뒤였다.

김채아는 시무룩해진 이준이의 등을 토닥여 주었다.

"……너 불쌍한 애였구나? 이리 와. 누나가 안아 줄게."

그 말에 정이준이 기겁하며 몸부림쳤다.

"아! 저리 가요! 동정하지 말라고요! 저 행복합니다. 이제
빚도 다 갚아서 월급도 받을 수 있다고요."

"뭐야? 그럼 지금까지 무보수로 지내 왔던 거야? 왜 진작
말 안 했어? 이 누나가 도와줬을 텐데."

"하아……."

처음으로 정이준이 김채아에게 말발로 밀리는 순간이었다.

화기애애한 모습.

웃음이 끊이지 않는 광명대원들을 가만히 바라보며 술잔
을 홀짝이던 민아 선배가 나에게 물어 왔다.

"그러고 보니, 민주랑 네 친구가 안 보이네? 어디 간 줄 알
고 기다렸는데, 여기 없는 거야?"

안 그래도 동생을 끔찍이 아끼는 민아 선배가 왜 안 물어보

나 했다.

뭘 숨기랴.

나는 있는 그대로 솔직하게 말해 주었다.

"민주는 호현에 남아 있습니다. 그곳에서 신궁 경지에 오른 스승님을 만나서요."

"호현?"

"산족의 도시입니다."

"산족? 그럼 그 스승이라는 사람이……."

"네, 산족입니다."

민아 선배의 표정이 순식간에 굳어졌다.

그럴 수밖에.

산족과 인간의 사이가 나쁜 것은 무사라면 누구나 아는 사실.

그런 곳에 민주를 두고 왔다고 하니 걱정이 안 될 수 없다.

나는 재빨리 부가 설명을 더했다.

"그렇게 걱정하실 거 없어요. 상혁이도 같이 남았습니다. 그게 말하자면 긴데, 민주 스승님이 상혁이 어머니라 아무 문제 없을 겁니다."

그러자 민아 선배는 더욱 알 수 없는 표정을 지었다.

"그게 무슨 소리야? 민주 스승님이 산족이라며?"

"네, 그랬죠."

"하하하, 뭐야 그게? 그 한상혁이라는 애가 산족이라는 거야? 말이 된다고 생각해? 걔 운성 사람이라며? 아빠는 일찍 돌아가셨고."

"운성 사람이었던 것도 맞고, 아버님 일도 사실입니다."

"그럼 한상혁이라는 애가 인간과 산족 사이에서 태어난 혼혈이라고?"

예상했던 것처럼 민아 선배는 쉽게 믿지 못했다.

그러나 내가 해 줄 수 있는 건 그저 사실임을 밝히듯 고개를 끄덕이는 것뿐이었다.

그러자 그녀가 당황한 얼굴로 되물었다.

"……진짜? 정말로 그게 사실이라고?"

"제가 굳이 거짓말할 이유도 없지 않습니까?"

그럼에도 믿기지 않는지 민아 선배는 당황한 얼굴로 광명대원들을 돌아봤다.

제발 누군가는 아니라고 말해 주길 바라며.

그러나 그녀의 바람과 달리 모두는 진지한 얼굴로 고개를 끄덕였다.

아무리 부정해도 바뀌지 않으니, 포기하고 사실을 받아들이라고 말이다.

그제야 민아 선배가 기세를 죽이며 몸을 축 늘어뜨렸다.

나와 광명대의 반응에 인정하기는 했지만, 그렇다고 충격이 없는 것은 아닐 테니 말이다.

"……내가 모르는 사이에 많은 일이 있었구나."

"그렇죠. 그것도 엄청 많은 일이."

난 쓸쓸함에 한숨을 내쉬었다.

돌이켜 보면, 회귀한 이후로 수많은 일들이 있었다.

과거를 반복하지 않기 위해 그간 쌓아 둔 미래 지식을 이용해 최선을 다해 왔다.

납득할 만한 결과를 만들어 냈고, 예상치 못했던 이득도 얻었다.

즐거운 일도 있었고 환희의 순간도 있었으며, 심금을 울리는 모자의 해후도 목격했다.

그러나 긍정적인 측면이 많았다고 해서 후회가 없는 것은 아니다.

긍정적인 순간에 비례해 괴로운 상황과 위기 또한 수없이 닥쳐왔다.

미리 알고 대처한다 했지만 모두를 지키지 못했고, 언제나 누군가의 희생이 뒤따랐다.

북대우림 때도 그랬고, 육도검 당시에도 그랬으며, 요령성과 이곳 양천 또한 마찬가지였다.

간신히 최악을 면하긴 했지만, 그렇다고 좋다고 볼 수도 없다.

많은 수의 군의관들이 죽었고 물자가 소실되었다. 나찰과의 전쟁이 곧 도래할 것을 고려하면, 이는 크나큰 손실일 수밖에 없었다.

'내가 부족했기 때문이다.'

조금 더 신중했다면, 보다 철저히 계획하고 움직였다면.

촌각조차 낭비하지 않고 수련에 임해 성장했다면 모두를 지킬 수 있었을 것이다.

그러지 못했기에 완벽한 성공을 거두지 못한 것이고 말이다.

그렇게 생각할 때 나를 빤히 바라보는 시선이 느껴졌다.

뭔가 부담스러운 눈빛.

나는 술에 취해 살짝 풀린 민아 선배의 눈을 마주 보며 물었다.

"……왜 그러시죠?"

"왜 나한테 말 안 했어?"

"네?"

"도와 달라고 했으면 열 일 제쳐 두고 갔을 텐데."

아마도 그랬겠지. 하지만 민아 선배에게는 선배 나름대로 해야 할 일이 있었다.

"신평의 상황도 어지럽지 않았습니까? 그리고 도움을 청할 수도 없었습니다. 이건 제 일이었으니까요."

"그게 왜 네 일이야?"

"네?"

왜 내 일이냐니.

당연한 거 아닌가?

양천을 지키고 스승님을 살리는 것은 당연히 제자가 해야 할 일이지 않는가.

"제 역할이니까요."

"그러니까, 그게 왜 너만 해야 되는 일이냐고 묻는 거야."

그리고는 손가락으로 내 가슴을 찌르기 시작했다.

"왜 항상 가장 어려운 일을 네가 해야 된다고 생각하는데?"

"그건……."

대답하는 건 쉽다.

기존의 역사를 바꿀 수 있는 존재는 모든 것을 경험하고 회귀한 나밖에 없다.

북대우림 원정, 해리슨 상단 호위, 왕자의 난 저지, 요령성 사건, 그리고 목령인과의 동맹 체결까지.

이것들은 오직 미래를 알고 있는 나만이 해낼 수 있는 일이었다.

특권에는 책임이 따르기 마련.

나에겐 그 책임을 다해야 하는 의무가 있었다.

그렇게 대답하려는 순간.

"네가 신이야? 아니잖아. 그런데 왜 모든 일을 네가 해결해야 한다고 생각하냐고."

민아 선배의 말에 다시금 말문이 막혔다.

그리고 그때.

"맞아요."

내 왼편에 앉아 있던 아린이가 민아 선배의 말에 동의하며 고개를 끄덕였다.

"서하는 뭐든 혼자 하려고 해요. 물론 그 모습도 멋있지만 조금은 다른 사람을 믿어 줬으면 좋겠어요."

"무슨 소리야? 내가 왜 너희들을 안 믿어? 나는 항상……."

"아니죠. 아니죠."

정이준이 검지를 흔들며 말허리를 잘랐다.

"만약 저희를 완벽하게 신뢰했다면 모든 상황을 설명하고 중요한 임무를 맡겨 주시지 않았을까요?"

"충분히 그러지 않았나?"

"정말 그렇게 생각하세요?"

단호하게 부정한 이준이는 기존의 가벼움은 버리고 그 어느 때보다 진지한 표정으로 말을 이어 갔다.

"대장님은 단 한 번도 위험한 임무를 주신 적이 없었어요. 가장 위험한 일은 언제나 홀로 감당하셨죠. 단 한 번의 예외 없이. 물론 그렇다고 우리한테 위험한 상황이 없었던 건 아니지만."

그랬었나?

그렇게 고개를 갸웃할 때 정이준이 뜬금없는 물음을 던졌다.

"대장님 보면 어떤 느낌이 드는지 알아요?"

"나? 모르겠는데?"

"남한테는 관대하고 자기한테는 엄격한 사람."

"그게 정상 아닐까? 대장이라면……."

"아니죠. 보통은 남한테 엄격하고 자기한테는 관대한 게 정상이죠. 저처럼."

"자랑이다."

이준이의 말을 즉시 비꼰 김채아 선인이었으나, 그렇다고 나를 두둔하는 얼굴은 아니었다.

"하지만 저 말에는 나도 동의합니다. 대장 위치에 있던 사람으로서 이해가 안 가는 건 아닌데, 적당히 하세요. 적당히. 그렇게 무리하다 죽어 버리면 당신은 끝일지 모르겠지만, 남은 부대원들의 입장은 생각 안 하십니까? 선배로서 하는 충고니 부디 명심하세요. 대장이 우리의 머리예요. 머리."

김채아 선인의 말에 틀린 점은 없었다.

부대의 지휘관이라면 당연히 마음에 새겨야 할 내용이었으니 말이다.

하지만 나는 아니었다.

회귀 전의 나는 항상 눈치를 보며 위험하지 않은 임무만 맡았다. 동료를 희생시키고도 나는 살아남았다며 안도했었다.

그렇기에 이번 생에는 그럴 수 없다.

회귀 전의 실수를 또다시 반복하고 싶지 않았으니 말이다.

언제나 쉬운 임무만 맡았기에, 지금은 누구보다 어렵고 힘든 임무를 맡아야 한다.

행복을 누리지도 못하고 스러졌던 이들에게 인생의 참맛을 느끼게 해 줘야 한다.

그것이 타인의 희생을 발판 삼아 목숨을 연명했던 내 죄를 참회할 수 있는 유일한 길이었다.

이런 의무감을 타인에게 이해시켜야 할 필요성은 없다.

설령 말해 준다 한들 쉽게 받아들일 수 있는 것도 아니었으니, 얘기해 봐야 입만 아프고 시간만 낭비할 뿐이니까.

그러니 지금 이 순간 최선의 방책은 화제를 돌리는 것.

나는 민아 선배를 돌아보며 물었다.

"그보다 민아 선배가 신평 반란군을 전부 제압하셨다면서요?"

신평을 습격한 것은 십중팔구 요령을 공격했던 바로 그 나찰이 분명했다.

인간을 이용해 내란을 일으키는 방식이 똑같았으니 말이다.

그런 반란군을 상대로 단 한 번도 패배하지 않은 것은 대단한 업적이었다.

"응, 그랬지. 도움이 좀 됐니?"

그걸 말이라고 하는가.

지리상 신평은 왕국 중앙에 위치한 요충지였다. 이곳이 안정되지 않으면 군을 유연하게 운용하기 힘들어진다.

"당연하죠. 큰 도움이 되었어요."

그러자 민아 선배가 아름다운 미소를 지어 보였다.

"다행이네. 너를 위해서 싸운 거거든."

"……네?"

지금 뭐라고…….

그리고 그 순간 민아 선배가 양손으로 내 볼을 잡았다.

"그러니까 앞으로는 나한테도 의지해 줬으면 좋겠는데."

"아……, 네."

눈웃음을 지어 보인 민아 선배는 이내 내 얼굴에서 손을 떼고는 자리에서 일어났다.

"그럼 난 먼저 일어나 볼게. 내일부터는 본격적으로 양천 복구를 도와야 해서. 마중은 필요 없다."

나는 비틀거리며 걸어가는 민아 선배의 뒷모습을 멍하니 바라보았다.

'방금 무슨 일이…….'

그렇게 생각할 때 이준이가 슬쩍 옆으로 다가오더니 말했다.

"괜찮은 거죠?"

"응? 뭐가? 나야 괜찮지."

"아니, 대장 말고. 여기……."

아린이의 주변으로 차가운 한기가 뿜어져 나오고 있었다.

"아, 난 모르겠다."

이준이가 그렇게 도망가자 아린이는 벌떡 일어나더니 내 앞으로 성큼성큼 걸어왔다.

그리고는 민아 선배가 했던 것처럼 내 볼을 잡고 빙글빙글 돌리더니 미소를 지으며 말했다.

"됐다. 내가 더 오래 만졌어."

"……."

대체 뭐가 된 건지는 모르겠지만, 그래도 기분이 빨리 풀렸다니 다행이었다.

◆ ◆ ◆

다음 날.

침대 위에서 눈을 뜬 박민아는 몸을 일으켰다.

열이 받아서 술을 많이 마신 것까지는 기억이 났다. 그런데 그 이후로 무슨 일이 있었는지 도통 떠오르지 않는다.

'나 실수 안 했겠지?'

그렇게 기억을 더듬을 때.

술자리의 마지막 순간이 떠올랐다.

"그러니까 앞으로는 나한테도 의지해 줬으면 좋겠는데."

이서하의 볼을 잡으며 한 말이었다.

그 미친 짓을 기억해 낸 순간 박민아의 얼굴이 붉게 달아올랐다.

"이런 미친……!"

그리고는 머리를 헝클어트리며 비명을 질러 댔다.

"꺄아아악!"

그 순간, 우다다! 하는 소리와 함께 부하들이 방문을 열고 들어왔다.

"무슨 일입니까! 대장님!"

박민아는 붉게 상기된 얼굴로 부하들을 돌아보고는 바로

베개를 집어 던졌다.

"어딜 들어와!"

"죄, 죄송합니다!"

부하들이 놀라 문을 닫으며 나가고 박민아는 그대로 주저 앉아 자신의 머리를 쥐어박았다.

"아, 이 미친년아. 술을 왜 그렇게 처마셔서!"

일생일대의 흑역사가 만들어진 그날.

박민아는 다시는 술을 마시지 않겠다 다짐했다.

◆ ◈ ◆

양천에 온 지 어느덧 일주일이 지났다.

그간 나는 매일 아침 눈을 뜨면 약선님의 약방으로 향했고, 늦은 밤이 되어서야 집으로 돌아왔다.

모두 생원과 씨앗을 분석하고 정제(錠劑)하기 위함이었다.

그렇게 여느 때와 다름없이 약방 문을 열었을 때.

"끄응."

뭔지 모를 힘겨워하는 소리와 함께 미간을 찌푸린 채 무언 가를 노려보고 계신 약선님이 보였다.

"스승님, 뭐 하십니까?"

"보면 모르느냐. 확인하고 있는 것이다."

뭔 말일까 싶어 곁으로 다가서니, 약선님이 주시하는 것의 정체를 금세 알아차릴 수 있었다.

바로 생원과 씨앗.

그리고 왜 잡아먹을 듯한 눈빛으로 노려보는지도 눈치챘고 말이다.

"아마 저였어도 그 마음일 것 같습니다."

"우라질 놈."

순간 약선님이 내 쪽으로 고개를 돌리며 난데없이 욕설을 내뱉었다.

뭐지?

잘못한 건 저 씨앗인데, 왜 죄 없는 나에게로 비난이 향하는 걸까?

그런 의문이 드는 순간에도 약선님의 힐난은 계속해서 이어졌다.

"누구는 제자가 자신을 뛰어넘었다며 청출어람이니 뭐니 자랑을 하고 다닌다는데, 네놈은 어찌 이리도 발전이 없느냐?"

나 참, 어이가 없어서.

심정이 답답한 건 이해하는데, 왜 그걸 나한테 푸는지 모르겠다.

나이만 자셨지 약선님도 아직 애구만.

저기 호현에 있을 상혁이와 마찬가지처럼 말이다.

그러나 이런 속마음을 대놓고 표출하진 않았다.

약선님과 다르게 나는 어엿한 어른이니까.

"그 스승이란 사람의 수준이 낮았으니 가능했겠지요. 반면 우리 스승님께서는 원체 높은 곳에 계시지 않습니까? 따라잡기는커녕 올려다보기만도 힘듭니다, 저는."

"썩을 놈. 입만 산 것도 여전하구나."

말투는 여전하지만 표정은 한결 누그러들었다.

나름 아부가 먹혀들었다는 뜻이었다.

문안은 이쯤에서 마치고 슬슬 본론으로 들어가 보자.

"혹시 달라진 게 있습니까?"

작은 희망을 담아 물음을 던졌지만, 약선님은 일말의 고민도 없이 고개를 내저었다.

"확신할 수 없다. 나로서도 처음 다뤄 보는 씨앗이니 말이다. 일단 효능을 유지하기에 가장 좋은 방법을 택하긴 했으나, 섣불리 재단할 순 없구나."

"쉽지 않을 것이라 예상은 했지만…… 어렵네요."

"신의 선물이라 일컫는 물건이니 당연한 일이겠지."

그로부터 한동안 나와 약선님의 대화는 없었다.

잠자코 눈앞의 씨앗에만 시선을 고정할 뿐이었다.

'어렵네, 어려워.'

씨앗을 활용하겠다는 계획까진 좋았다.

다만 이후가 문제였다.

씨앗의 활용성을 알게 된 이후 수많은 이들이 사용하기 시작했고 효과도 보였다.

그런데 간혹 피부가 창백해지거나 심하면 사망에 이르는 등 부작용이 발생했다.

이에 의문을 품은 몇몇 의원들이 연구에 나섰고, 그로부터 얼마 지나지 않아 부작용의 원인이 규명되었다.

'씨앗 내부의 독성을 고려하지 않았던 거지.'

모든 씨앗이 좋은 효과를 보이진 않는다.

독성을 가진 몇몇은 중화 과정을 거치지 않으면 약재로써의 활용이 불가능하다.

이에 소금물에 절이거나 술에 담가 놓는 대한 대응 방안이 마련되었고, 독성이 강한 경우엔 삶거나 불에 볶은 뒤 약재로 사용하기도 했다.

생원과 씨앗을 정제할 때도 이 점을 간과해선 안 됐다.

'뛰어난 효능만큼이나 부작용 또한 강할 테니까.'

그러나 뒤이어 또 다른 난관에 봉착할 수밖에 없었다.

과연 어떤 방식으로 정제해야 할까?

정확한 정보가 없으니 쉽게 결정을 내릴 수 없었던 것이다.

일주일이란 시간이 소요된 것도 이 때문이었다.

강한 독성을 고려하면 볶는 것이 최선이었다.

문제는 그 과정에서 약효가 줄어 버릴지도 모른다는 것.

쉽게 손에 넣을 수 없는 재료이기에 선택에 만전을 기해야 했다.

그렇게 머리를 맞대고 고민에 고민을 거듭한 결과.

최종적으로 택한 방법은 소금물에 절이는 것이었다.

물론 최선의 방식이라 볼 순 없었다.

무언가를 취하려면 다른 무언가는 포기해야 하는 게 세상의 이치.

두 마리 토끼를 동시에 잡을 수는 없다.

모두를 얻으려다간 어떠한 것도 손에 쥘 수 없게 될 테니 말이다.

약선님이 안심하지 못하는 것도 그 때문이었다.

씨앗의 효력을 최대한 보전하는 데 우선했지만, 그로 인해 어떠한 위험이 뒤따를지 알 수 없다.

'자칫하면 자신의 손으로 독을 먹인 꼴이 되어 버리겠지.'

비록 선한 의도로 행했을지라도, 결과 또한 긍정적일 것이라 낙관할 수 없다.

자신의 손으로 환자의 목숨을 거두는 비극을 마주하게 될지도 모르니 말이다.

그런 이유로 약선님은 생원과 씨앗을 바라보기만 했다.

나 또한 마땅한 방도가 없었으니 침묵에 동조할 뿐이었다.

그렇게 시간이 무의미하게 흘러가길 한참.

약선님이 무거운 한숨을 내뱉으며 입을 열었다.

"선택은 그 두 사람에게 맡기자꾸나."

이제 와서 고민해 본들 달라질 건 없다.

자신들은 할 수 있는 최선을 다했고, 결정은 당사자들의 몫이었다.

애써 미련을 떨쳐 낸 약선님은 자리에서 일어나 씨앗을 챙기더니 하나를 나에게 내밀었다.

"난 곧장 수도로 향할 테니, 이것은 네가 전해 주거라."

"제가 말입니까?"

"우라질 놈. 애초에 그 사람을 살린 것도 네놈이지 않더냐? 살려 놨으면 책임을 질 줄도 알아야지."

그리고는 진중한 눈빛으로 바라보며 물었다.

"무엇을 설명해야 하는지는 잘 알고 있겠지?"

"네, 잘 알고 있습니다."

"그럼 됐다."

약선님은 말없이 어깨를 토닥여 주었다.

별다른 언급은 없었지만, 그 행동에 담긴 의미를 모를 수 없었다.

약선님에게도 그렇듯 나에게도 생원과의 씨앗을 받을 사람은 중요한 사람이었다.

무슨 일이 있어서 살려 내야 하는.

내 의도를 읽으셨는지 약선님은 어깨에서 손을 떼며 천천히 약방을 나섰다.

"이제 모든 일은 하늘에 맡기자꾸나."

진인사대천명(盡人事待天命).

인간으로서 할 수 있는 일은 모두 끝냈으니, 이젠 하늘의 결정을 기다릴 뿐이었다.

◆ ◆ ◆

나찰과의 전쟁이 시작될 것이다.

이서하 찬성사(贊成事)가 처음으로 그 말을 꺼냈을 때, 이를 곧이곧대로 믿은 자는 거의 없었다.

그저 국왕 전하와 백성엽 대장군이 그를 전적으로 신뢰하고 있기에 두 사람을 따라 움직였을 뿐이었다.

신평에서 반란이 일어났을 때도 그 생각은 변하지 않았다.

그러나 전말을 전해 듣고서도 그 상태를 유지할 수는 없었다.

죽여도 살아 움직이는 시체들과 음기 폭주를 사용하며 습격해 온 광신도들.

비슷한 시각 해남에서는 강력한 나찰이 마수들을 이끌고 나타나 주민들을 학살했다.

그렇기에 이제는 생각을 달리해야 했다.

이서하 찬성사가 말했던 나찰과의 전쟁은 더 이상 터무니없는 단어가 아니었다.

시시각각 다가오고 있는 현실이었다.

그로 인해 왕국의 수도는 긴장감이 가득했고, 이곳저곳에서 분주한 움직임이 계속해서 이어졌다.

언제 전쟁이 터져도 바로 대응할 수 있도록 무사들의 훈련

량이 늘어났고, 지휘 체계를 확고히 하는 한편 군수품 확보에 열을 올렸다.

그리고…….

"먼저 움직여야 합니다. 전하."

편전 회의장에서는 매일같이 군사 회의가 열렸다.

"이대로 가만히 앉아 적의 습격을 기다리기보다는 먼저 나찰들의 근거지를 치는 것이 옳습니다."

해남에서 돌아온 백성엽은 휴식을 취할 생각도 없이 당장이라도 출진해야 한다며 강하게 주장했다.

지극히 옳은 말이었다. 나찰이 쳐들어올 것을 알면서도 가만히 앉아 지켜보는 건 미련한 짓이다.

놈들이 뜻대로 하도록 내버려 두기보단 사전에 계획을 틀어막아 유리한 상황을 마련해야 했다.

그러나 신유민은 고민에 잠긴 얼굴로 손가락을 두드릴 뿐이었다.

나찰과의 전쟁은 일반적인 전쟁과 다르기 때문이었다.

"저 역시 대장군의 의견에는 동의합니다. 하지만 그러기 위해서는 적의 위치를 알고 있어야 하지 않겠습니까?"

나찰의 근거지가 어디인지 알지 못한다면, 애초에 선제 공격 자체가 불가능한 일이었다.

신유민은 그 점을 명백하게 짚은 것이었다.

그러나 백성엽은 한 치의 고민도 없이 답을 꺼내 들었다.

"나찰의 근거지라면 이미 모두가 알고 있지 않습니까?"

"우리 모두 알고 있다고요?"

"네, 전하."

확신에 가득 찬 말투로 답한 백성엽은 회의장 내 인사들을 한 차례 돌아보며 말했다.

"북대우림입니다."

북대우림.

수도 북쪽에 위치해 제국과 왕국을 나누는 경계선 역할을 하는 곳이자, 과거 전쟁에서 패한 나찰들이 숨어든 장소였다.

거기에 나찰과 마수의 상관관계, 그리고 주기적으로 정리해야 할 만큼 계속되는 증량까지.

모든 상황을 종합하면 백성엽의 의견은 타당했다.

만약 나찰들이 어느 한 지역을 거점으로 삼아서 모여 있다면 그곳만큼 적합한 장소는 없을 테니 말이다.

하지만 근거지를 파악했다고 문제가 없는 건 아니었다.

아니, 그 장소가 북대우림이기에 더욱 가볍게 넘겨선 안 됐다.

회의장에 자리한 모든 이들의 얼굴이 순식간에 어두워졌다.

신유민 또한 같은 생각이었으니 걱정 어린 물음을 던졌다.

"과연 승산이 있겠습니까?"

북대우림은 지옥이나 다름없었다.

앞선 두 차례의 원정이 모두 실패로 돌아가며 쓴맛을 보지 않았던가.

그때로부터 시간이 흘렀고, 나찰들의 세가 더욱 불어났음을 가정하면 절대로 유리하다 생각할 수 없었다.

그렇기에 선불리 대장군의 말에 찬성하지 못하는 것이었다.

그러나 이번에도 대장군은 담담하게 대꾸했다.

"현재로서는 없습니다."

"그럼 왜 이야기를 꺼낸 것입니까?"

"최종 목표를 북대우림 정벌로 잡되, 그 이전에 천천히 주변 정리부터 해야 한다는 것을 말씀드리기 위함이었습니다."

주변 정리라는 말에 대신들은 고개를 갸웃했다. 정리해야 할 대상이 무엇을 지칭하는지 이해하지 못했기 때문이다.

장내 인물 중 백성엽의 말뜻을 단번에 알아차린 이는 신유민만이 유일했다.

"……은월단을 치자는 말씀입니까?"

"그렇습니다."

별다른 어려움 없이 대화를 이어 가는 두 사람과 달리, 대신들은 여전히 어리둥절할 수밖에 없었다. 은월단이란 이름도 처음 들었기 때문이다.

이윽고 재신 중 한 사람이 모든 이들을 대신해 물었다.

"말씀 중 죄송하지만, 은월단이 무엇인지 설명해 주실 수 있겠습니까?"

백성엽은 간단명료하게 답해 주었다.

"정해우가 속한 집단입니다."

대표로 나섰던 재신을 비롯해 모든 이들이 한순간 말을 잃고 움칫했다.

정해우.

이 나라의 행정을 지탱하는 문하시중(門下侍中)의 자리에 앉아 있다 돌연 자취를 감춘 자였다.

그런 이가 속해 있는 집단이라니.

그보다 은월단이 뭘 했기에 정리하려 든단 말인가?

대신들의 머릿속은 온갖 의문으로 혼란스러워질 수밖에 없었다.

이미 이런 상황을 예상하고 있었던 백성엽은 빠르게 설명을 덧붙였다.

"은월단은 신태민을 이용해 이 나라를 혼란에 빠트리려 했던 자들입니다."

신태민의 최측근이었던 백성엽만이 알 수 있는 일이었다.

"또한 나찰을 이용해 왕국을 멸망시키려는 자들이기도 합니다."

"나찰을 이용해서……."

"그게 가능한 일이오? 인간이 나찰을 이용한다는 것이?"

모두가 믿을 수 없다는 듯 웅성거렸으나 백성엽은 나지막하게 말했다.

"출신도 불명확한 자가 문하시중에 올랐고, 신태민의 난을 배후에서 조종하기까지 했습니다. 그런데 이것도 못할 것이

40 17

라 생각합니까?"

그러자 다른 대신이 또 다른 문제를 꺼내 들었다.

"그러면 이미 늦어 버린 게 아닙니까? 문하시중이 사라져 버렸으니, 은월단을 찾아내는 것조차 요원한 일이지 않습니까?"

"아닙니다. 한 명. 은월단 소속임이 확실한 사람이 남아 있습니다."

"그게 누구입니까?"

"홍등가의 방주. 이주원입니다."

홍등가라는 말에 수많은 대신들의 낯빛이 굳어졌다.

이 많은 대신 중 홍등가를 한 번도 찾지 않은 이들이 얼마나 될까?

홍등가는 욕망의 쓰레기통과 같다.

상관 험담에 수많은 변태 행위들이 그곳에서 자행되었고, 정치와 관련된 기밀 사항을 논의하는 장소로도 이용되었다.

그 말인즉, 홍등가의 기생들과 방주는 그 모든 정보를 가지고 있다는 뜻.

결국 홍등가를 공격한다는 건 자신들의 치부가 세상에 낱낱이 공개된다는 말이나 다름없었다.

"그, 그럼 대장군님은 이주원이라는 자가 누군지 알고 계신 겁니까?"

홍등가에는 수많은 방주들이 있다.

대부분은 가명을 썼으며 과거까지 완전히 지운 이들도 있다. 그렇기에 이주원이라는 이름 석 자만으로 대상을 특정하기란 불가능에 가까운 일이었다.

"모릅니다."

"그럼 이주원이라는 자를 어떻게 찾을 생각이십니까? 홍등가의 사람들은 결코 그에 대해 알려 주지 않을 텐데요."

입은 목숨보다 무거워야 한다.

그것은 홍등가에서 일하는 모든 이들의 신념이었다.

하지만 백성엽은 문제없다는 듯 말을 이어 갔다.

"특정할 수 없다? 그럼 다 죽이면 되겠군요."

"……대장군!"

대신들이 당황해하며 외쳤으나, 백성엽은 오히려 더욱 당당하게 되물었다.

"어차피 사회의 쓰레기들이 모여 있는 거리 아닙니까? 모조리 죽이다 보면 누군가는 방주의 정체에 대해 발설하지 않겠습니까?"

이 발언엔 참지 못하겠던지 뒤편에 시립해 있던 한 무관이 목소리를 살짝 높였다.

"만약 그 누구도 방주의 정체를 언급하지 않으면 어떡하실 겁니까?"

"어떡할 거냐고? 지금 나한테 그딴 식으로 물은 건가?"

백성엽은 인상을 쓰며 무관을 노려보았다.

문관들에겐 예를 차려야 하지만, 대상이 무관이라면 상황이 달랐다.

자신은 무관들의 정점인 대장군이자 국왕을 제외하면 전 군의 우두머리다.

즉, 지금의 대놓고 하극상을 벌인 꼴이나 다름없었다.

그것도 왕과 다른 문관들이 함께하는 공적인 자리에서 말이다.

뒤늦게 이를 깨달은 무관은 곧바로 고개를 숙였다.

"……죄, 죄송합니다."

백성엽은 못마땅하다는 기색을 숨기지 않았다.

분명 홍등가에 애인이라도 둔 것이겠지.

그마저도 마음에 들지 않고 즉결심판을 내려도 마땅한 상황이지만, 백성엽은 혀를 차기만 할 뿐 다른 행동은 보이지 않았다.

지금은 이런 자잘한 것에 시간을 낭비할 때가 아니었으니 말이다.

"그래도 상관없다. 최소한 은월단이 수도에 숨어들어 우리의 일거수일투족을 관찰하는 것보다는 나으니까."

"그건 대장군의 말씀이 맞습니다."

신유민은 고개를 끄덕이며 찬성을 표했다.

"한시라도 빨리 방주 이주원을 찾아야 한다는 덴 같은 생각입니다. 다만, 홍등가의 모든 이들을 죽이자는 것까지는 동의할 수 없군요."

"저 또한 학살을 즐기는 것은 아닙니다. 하지만 지금 이 순간에도 우리의 정보가 홍등가를 통해 나찰들에게 들어가고 있음을 명심해야 합니다. 현실로 벌어지지 않았을 뿐, 우리는 나찰과 전쟁 중에 있습니다. 전쟁에서는 최악의 상황을 감수하더라도 즉시 시행해야 하는 작전이 있기 마련입니다."

"그래도 반발이 심하지 않겠습니까? 일반 백성들부터 고관대작을 불문하고 그곳을 이용하지 않는 자가 없습니다. 이런 곳을 군으로 짓밟으면······."

"홍등가가 나찰과 손을 잡았다고 하면 누가 반대하겠습니까?"

백성엽은 손을 들어 바깥을 가리켰다.

"신태민을 도와 이 수도를 쑥대밭으로 만든 가축들을 처리한다는 데 감히 누가 반대를 한단 말입니까?"

기생은 어디까지나 천민.

가축과도 같은 존재였다.

어떤 사람이 가축을 죽인다는 데 격렬히 반발하겠는가?

그것도 자기가 사는 도시를 망친 가축을 말이다.

"······!"

대신들은 모두 입을 다물 수밖에 없었다. 여기서 더 반론을 제기했다가는 같은 은월단으로 묶일 분위기였다.

그렇게 모든 반론을 일축시킨 백성엽은 신유민의 대답을 기다렸다.

이윽고 고민을 마친 신유민이 고개를 끄덕였다.

"……좋습니다. 대장군님의 말대로 홍등가의 방주 이주원을 잡도록 하죠. 하지만 섬멸보다 방주의 생포를 주목적으로 시도하시죠."

"그렇다면 후암을 이용해도 되겠습니까?"

후암. 왕가만을 위한 정보부의 협력을 요청한 것이었다.

신유민은 고민할 것도 없다는 듯 고개를 끄덕였다.

"그러시지요."

"성은이 망극하옵니다. 전하."

그렇게 허리를 숙여 인사한 백성엽은 다시금 표정을 굳히며 말했다.

"만일을 고려해 한 가지만 더 여쭙겠습니다. 혹 후암마저 실패할 경우, 다른 계획이 있으십니까?"

촌각을 다투는 일이었기에 또다시 보고하고 회의할 여유 따윈 없다. 지금 이 자리에서 모든 결정을 내려야만 했다.

신유민은 작은 한숨과 함께 말했다.

"그땐 대장군의 뜻대로 하시지요."

"전하!"

대신들 모두가 신유민을 바라보며 놀란 표정을 지었다.

대장군의 뜻은 곧 홍등가에 속한 모든 이들의 섬멸.

유약한 듯 보인 국왕이 이를 허락할 것이라곤 꿈에도 생각지 못했기 때문이다.

하지만 백성엽은 놀란 기색 하나 없이 고개를 숙였다.

"전하의 명령을 받들겠습니다."

신유민.

백성엽이 본 젊은 왕은 단순히 이상만을 좇는 몽상가가 아니었다.

높은 이상을 실현하기 위해 누구보다 현실적이었고 대업을 이룩하기 위해 감정을 배제할 줄도 알았다.

자신이 희망해 왔던 군주의 표본 그 자체였다.

그렇게 만족한 결과를 안고 편전 밖으로 나온 백성엽은 자신을 향해 다가오는 남자에게로 시선을 돌렸다.

"안녕하십니까? 대장군."

"그대는……."

"후암의 단장. 유현성이라고 합니다."

후암의 단장.

오직 왕가의 사람들과 그들의 최측근만 정체를 알고 있는 이였다.

"지금부터는 대장군님의 명령에 따르도록 하겠습니다."

"좋군."

대장군은 미소를 지어 보인 뒤 말했다.

"여기서는 좀 그러니 자리를 옮기지. 내 자택으로 가자."

"네, 대장군."

그 순간.

유현성의 몸이 흐려지며 완전히 자취를 감추었다. 바로 앞에 있음에도 눈에 보이지 않을 정도의 은신술.

대장군은 집중력을 최대한 발휘해 유현성을 찾았다.

하지만 유현성은 이미 멀리 사라진 뒤였다.

'엄청나군.'

그나마 대장군이었기에 뒤늦게나마 유현성의 기척을 느낄
수 있던 것이다.

'후암의 명성이 헛된 것은 아니었구나. 쓸 만하겠어.'

그렇게 유현성이 멀어지고 백성엽은 맑은 하늘을 바라보
며 작게 숨을 내쉬었다.

"이번 일에 왕국의 명운이 달렸구나."

그렇게 대장군은 천천히 전장으로 나아갔다.

Chapter 117.

홍등가.

붉은색의 등이 화려하게 밝힌 거리는 예전처럼, 아니 왕자의 난이 일어나기 전보다도 더욱 북적였다.

끊이지 않는 사건들이 사람들을 그곳으로 인도했기 때문이다.

고관대작은 물론 평민들까지 십시일반 돈을 모아 그들이 갈 수 있는 최고의 기생집을 찾아 방탕을 일삼았다.

그래 봤자 거의 노상 기생방이나 다름없었지만 말이다.

하지만 그것이 어딜까.

평민들의 얼굴에는 만족한 기색이 역력했다.

그런 이들의 잔에 술을 채워 주던 기생이 슬쩍 물음을 던졌다,

"어머, 오늘 너무 무리하시는 거 아니에요? 이러다가 소녀를 안을 돈도 다 떨어지시면 어떡하려고요?"

"하하하, 걱정하지 마라. 우리가 제법 돈을 많이 모아 왔으니까."

"어디서 돈벼락이라도 맞으신 거예요?"

"돈벼락? 그랬으면 원이 없겠다."

"그럼 다른 방법이 있어요?"

기생의 물음이 계속되자 한껏 행복한 표정을 짓던 평민의 얼굴에 언뜻 쓸쓸한 감정이 깃들었다.

"내 옆집 친구 중 나무꾼 녀석이 있어. 같이 한번 놀자고 해도 자식새끼 무관에 보낼 거라고 필사적으로 돈을 모았지."

"어머, 멋있어라. 좋은 아버지네요."

"멋있으면 뭐 해? 이미 죽어 버렸는데."

남자는 술을 들이켠 뒤 빈 잔을 거칠게 내려놓았다.

"저번 난에서 죽었어. 아내와 무관에 보내겠다던 자식까지 전부. 모아 놓았던 돈은 주인이 없다며 나라에서 가져갔지."

그렇게 왕자의 난을 겪으며 살아남은 평민들은 공통적으로 한 사실을 깨달았다.

인생은 허무하다고.

지금 당장 즐기는 이 순간이 마지막일지도 모른다고 말이다.

거기에 해남과 신평에서 벌어진 난리까지 소문이 퍼지자

모두가 아껴 놓았던 돈을 펑펑 쓰기 시작한 것이다.

"그러니 내일 죽어도 후회 없이 놀아 보자꾸나!"

"어머머."

그렇게 홍등가는 근 100년 사이 최고의 호황을 맞이하고 있었다.

이주원은 그런 거리를 묵묵히 내려다볼 뿐이었다.

홍등가 외부. 오직 평민들만이 있는 그곳은 아주 순수한 쾌락으로 왁자지껄했다.

이를 창가에 걸터앉아 즐겁게 바라보던 이주원이 전가은 에게로 고개를 돌렸다.

"왕국이 나를 찾고 있다고?"

"그렇습니다."

이주원의 얼굴에서 점차 미소가 사라졌다.

'이제 움직이는 것인가?'

언젠가 이런 날이 올 것임은 금수란을 놓친 그 시점부터 예 상하고 있었다.

그럼에도 떠나지 않고 홍등가에 계속 머물러 있던 이유는 이곳만큼 안전한 곳이 없었기 때문이다.

'홍등가는 왕국의 쓰레기통이다.'

홍등가는 왕국의 모든 더러움이 모이는 곳.

잘못 건드렸다가는 모두의 오물이 한 번에 쏟아져 나올 수 것이다.

지금까지 별일이 없었던 것도 그 덕분이었다.

'그런데 하필이면 이 중요에 순간에…….'

계획을 순조롭게 진행하기 위해선, 수도를 평상시와 같은 분위기로 유지시켜야 한다.

그러나 홍등가를 조사하기 시작한다면, 반드시 소란이 동반될 것이다.

이마저도 걱정이자만, 이주원의 근심을 가중시키는 일은 따로 있었다.

"백성엽이 직접 나섰다라…….."

늦든 빠르든 시기의 차이일 뿐, 두 사람의 충돌은 이미 예정된 일이라고 여기고 있었다.

이왕이면 오랜 시간이 지난 후에 만나게 되길 바라기도 했다.

이주원에게 있어 백성엽은 까다롭고 위험한 존재였으니 말이다.

'다른 이들은 올곧은 성품의 무인으로 보겠지만.'

자신이 볼 땐 아니었다.

뼛속까지 군인 그 자체이지만, 그것은 백성엽의 단편적인 모습에 불과했다.

왕국의 발전과 부흥이라는 이상이 그를 움직이는 근원.

이를 위해서라면 어떠한 수간과 방법도, 심지어 그것이 악행이라도 눈 하나 깜빡하지 않고 진행한다.

신태민과 손을 잡았다가도 신유민에게 돌아선 것만 보아

도 알 수 있지 않는가.

그렇기에 백성엽에 대한 소식은 골치를 아프게 만들 수밖에 없었다.

그가 움직였다면, 앞으로 어떤 상황이 벌어질지는 충분히 예상할 수 있었으니 말이다.

"방주님의 정체를 알아내기 위해선 홍등가 모두의 몰살까지도 고려하고 있다 했습니다."

전가은의 입에서 예상과 한 치도 벗어나지 않는 보고가 흘러나왔다.

역시나 백성엽이고, 그러면 충분히 가능한 일이었다.

왕국의 부흥이라는 원대한 포부.

거기에 전군을 지휘 통솔할 수 있는 막강한 권력까지 뒷받침되고 있으니 거리낌 없이 행동으로 옮길 것이다.

"홍등가를 노리는 이유는 아마도……."

은월단에 속했다는 사실을 알아채 자신을 찾으려 나선 것이겠지.

회유든 협박이든 고문이든, 무엇을 해서라도 은월단과의 연결 고리를 알아내 계획의 성사를 막아 내려 들 것이다.

'쓸모가 없어지면 죽이겠지.'

신태민의 반역과 엮어 처단하면 뒷일도 깔끔할 테니 말이다.

여러 모로 백성엽에게 유리한 상황이고, 자신의 발등엔 불이 떨어진 셈이나 마찬가지였다.

그러나 이주원은 한 가지 의문에 대해선 여전히 답을 내리지 못하고 있었다.

"백성엽 혼자 결정할 수 없는 문제일 터인데."

이런 중대사라면 편전 회의를 거치는 것이 일반적이다.

그렇다면 절대 이 안건은 통과될 수 없다.

대신들 중 홍등가가 사라지는 걸 바라는 남자는 존재하지 않을 테니까.

본인이든 가족이든 친지든 그 누군가는 반드시 이곳과 엮여 있다.

그들의 치부를 만천하에 공개할 수는 없지 않겠는가?

분명 수많은 대신들이 목소리를 높이며 크게 반발했을 것이다.

아무리 대장군이라도 이를 가볍게 여길 수 없다.

문신들의 눈치를 봐야 하는 것은 백성엽도 마찬가지일 테니 말이다.

그런 상황이 당연한 일인데, 정반대의 결과가 벌어졌다?

대체 무슨 변수가 있었던 것일까?

그렇게 일이 성사된 측면을 차근차근 되짚어 가던 이주원이 한순간 미간을 찌푸렸다.

백성엽과 관계를 유지하고 있으며, 홍등가와 은월단을 부정적으로 바라보는 인물.

그리고 수많은 대신들의 반대에도 안건을 통과시킬 수 있는 존재.

"신유민이 이를 승낙했구나."

오직 그만이 가능한 일이었다.

그렇게 결론을 내린 이주원이 다시금 전가은에게로 시선을 돌렸다.

"내 의견이 맞느냐?"

전가은이 고개를 끄덕거렸고, 이주원은 피식 웃으며 고개를 절레절레 저었다.

"그렇다면 좀 실망스럽네."

모두를 죽이라는 것은 너무나도 극단적인 방법이었다.

물론 이에 전적으로 동의하진 않았을 것이다. 무엇이 됐든 어떤 조건을 걸었겠지.

하지만 그렇다고 신유민에 대한 실망감이 가실 리는 없었다.

일전, 선생이 했던 말이 떠올랐기 때문이다.

-신유민은 모든 이들을 평안케 만들겠다는 드높은 이상을 가진 인물입니다.

그 말에 자신도 조금은 흔들렸었고, 직접 지켜보기 위해 왕궁에 들어가 그의 사람이 되었다.

그러나 역시 세상에 완벽한 사람은 존재하지 않았다.

결국은 정해우조차 미련을 버리고 신유민의 곁을 떠나지 않았는가.

'모든 사람을 평등하게 만들겠다고 했던 왕이 학살이라니.'

아무리 좋게 포장해도, 그의 이상은 결코 현실이 될 수 없다는 말이었다.

'당신이 맞았네. 선생.'

이주원은 헛웃음을 흘리며 세상을 향해 조롱의 시선을 던졌다.

이상을 꿈꾸는 자는 많다.

이를 위해 고난과 역경을 감수하는 이도 적지 않다.

하지만 그 모든 과정을 이겨 낼 능력까지 가진 자는 극소수였다.

'아니, 어쩌면 이 세계에 그런 위정자는 존재하지 않을 수도 있겠지.'

그런 사람이 있었다면, 자신과 같은 이들이 존재할 리 없었을 테니까.

이주원은 씁쓸한 웃음을 흘린 뒤 천천히 고개를 돌렸다.

"다 들었을 테니, 굳이 설명은 하지 않겠다. 너희들은 내가 어떻게 해야 한다고 생각하느냐?"

전가은, 아니 정확히는 그녀의 뒤편에 앉아 있는 기생들에게 던진 물음이었다.

"이대로 가만히 숨어 있어야 하겠느냐, 아니면 '내가 이주원이요!' 하고 나서서 모두를 지켜야 한다고 생각하느냐?"

이주원은 기생들과 하나하나 눈빛을 마주하고 나서야 말을 이어 갔다.

"생각을 말해 보거라. 내 너희들의 뜻대로 하겠다."

그렇게 잠시간의 정적이 이어지고.

서로를 바라보던 기생들이 다 같이 꺄르르 웃기 시작했다.

"호호호! 방주. 그게 무슨 말씀입니까?"

"마음에도 없는 소리를 하십니다."

말도 안 되는 소리라 치부하며 웃기 바쁜 기생들.

뛰어난 외모에 걸맞게 목소리 또한 청랑했고, 입가를 가린 손은 희고 보드라웠다.

이들은 수천 냥의 거금을 들여야 하룻밤을 보낼 수 있는 홍등가 최고의 기생들.

그와 동시에 각 기생방을 지배하는 방주들이었다.

그중 이주원과 가장 가까운 자리에서 차분한 음성이 들려왔다.

"버려진 자는 서로 가족이 되어 줘야 한다."

보라색 치마를 입은 기생은 은은한 미소를 머금은 채 말을 이어 갔다.

"그게 홍등가의 법 아니었습니까?"

홍등가에 사는 이들은 모두 가족에게, 사회에게 버림받은 경험이 있는 이들.

모두가 마음속에 외로움을 가지고 있었고, 같은 경험을 겪은 탓에 동질감을 느꼈다.

그 결과, 홍등가의 모든 이들은 서로를 가족으로 여기며 의지하고 함께 견뎌 냈다.

이는 기생들이 이주원을 칭하는 호칭에서도 알 수 있었다.

"하물며 우리가 오라비를 버리겠습니까?"

오라비.

착취만 일삼던 이전 방주들과 달리, 이주원은 그들을 몰아
내고 권력을 자신들에게 나눠 주었다.

버림받고 이용만 당해 온 이들에게 처음으로 따스한 손길
을 내밀어 준 존재.

그렇기에 기생들 모두 이주원을 친오빠, 아니 부모와 다를
바 없었다.

그런 오라비가 스스로를 희생하겠다는데 이에 동의할 이
가 어디 있겠는가.

다른 기생들의 눈빛에서도 보라색 치마를 입은 기생의 결
의가 느껴졌다.

이주원은 그 시선을 마주하며 고개를 끄덕였다.

"그래. 너희들의 뜻이 정 그러하다면……."

이주원은 자리에서 일어나며 바쁜 거리를 다시 한번 내려
다보았다.

불가촉천민(不可觸賤民).

가축이라 불리며 무시 받아 온 자들 사이에서 수많은 이들
이 행복한 미소를 짓고 있었다.

그리고 저 무지한 쾌락은 이주원의 힘이 되어 줄 것이었다.

이주원은 기생들을 돌아보며 말했다.

"최대한 비열하고, 더럽게, 그리고 필사적으로 싸워 보자."

홍등가에 사는 모든 이들의 삶이 그랬던 것처럼.

◆ ◈ ◆

수도에 도착한 약선은 분주하게 움직이는 무사들을 돌아보았다.

어린 무사부터 은퇴를 앞뒀을 이들까지 연령대는 다양했다.

훈련의 강도 또한 실전과 같이 진행되며 비지땀이 온몸에 가득했다.

전쟁이 코앞으로 다가왔기 때문이었다.

'전쟁이라…….'

이 단어에 담긴 비참함을 알기에, 약선의 눈동자엔 비통한 감정이 깃들기 시작했다.

노력의 결과를 얻을 수 있을까?

아니, 그럴 리 없다.

저들 중 살아남는 이는 극소수에 지나지 않을 테니까.

그런 암울한 미래를 예견하고 있을 때, 저 멀리서 한 사람이 달려오는 것이 보였다.

철혈 이강진이었다.

"운아!"

"아, 강진 형님. 오랜만……."

마주 인사하기 위해 손을 들던 허운은 순간 표정을 굳혔다.

이강진의 속도가 늦춰질 기색을 보이지 않았기 때문이다.

마치 거대한 벽이 달려오는 것만 같다.

"잠깐……!"

겁에 질린 약선이 그를 향해 손을 내미는 그 순간, 이강진이 허운을 품에 안았다.

"살아났구나! 내 동생이 살아났어! 정말 다행이야. 정말로……."

"끅……! 이러다 죽어……."

이렇게 다시 죽는 건가라는 생각이 들 때 즈음 이강진이 허운을 놔주었다.

"그래, 몸은 좀 괜찮으냐?"

"아뇨, 전혀 안 괜찮은 거 같습니다."

"왜? 아직도 아픈 곳이 남은 것이냐?"

방금 당신 때문에 죽을 뻔하지 않았소!

그렇게 말해 주고 싶었으나 허운은 꾹 참았다.

걱정으로 가득한 이강진의 얼굴을 보니, 그런 농담조차 해선 안 될 것 같았기 때문이다.

"아닙니다. 형님 손자 덕분에 아주 멀쩡히 살아났습니다. 외려 한 10년은 젊어진 거 같수."

"하하하, 서하가 진짜로 해낼 줄이야. 잘됐구나! 정말 잘됐어!"

팡! 팡!

이강진이 기뻐하며 등을 칠 때마다 충격파가 사방으로 뻗어 나갔다.

그럼에도 허운은 이 또한 묵묵히 참아 냈다.

얼마 전까지 병자였던 사람을 이렇게 두드려 패는 게 과연 사람이 할 짓인지는 모르겠으나 어쩌겠는가?

섬세함을 기대해선 안 되는 사람이니 말이다.

약선은 작게 한숨을 내쉰 뒤 입을 열었다.

"그나저나 유철 형님은 어디 계십니까?"

"그게 말이다……."

이강진이 표정을 굳히며 말끝을 흐렸다.

비단 약선이 아니더라도 의미를 알아내기 충분한 반응이었다.

아마도 병세가 더 악화되었을 터.

애초에 몇 달 살 수 없는 몸이었던 데다가 자신이 죽게 되었다는 소식에 충격을 받았을 테니 그 또한 영향을 끼쳤을 것이다.

"가시지요. 제가 직접 살펴보겠습니다."

"그러자꾸나."

그렇게 도착한 곳은 왕궁 내부의 의원이었다.

두 사람이 의원의 문을 열고 들어가자, 새로이 어의에 임명된 의원이 벌떡 일어나며 놀란 반응을 보였다.

"야, 약선님? 약선님께서 여긴 어떻게……."

허운은 그런 반응 따윈 신경도 쓰지 않고 바로 용건부터 꺼내 들었다.

"상왕 전하의 상태는 어떠시냐?"

어의는 당황했으나 이내 고개를 조아리며 말했다.

"좋지 않습니다. 오늘내일하시는 상황인지라……."

"그런가. 의식은 있으신가?"

"희미하게나마 유지하고 계십니다."

예상과 크게 다르지 않은 상황에 약선은 작게 한숨을 내쉬었다.

그러나 그 한숨에 담긴 의미는 이전과 궤를 달리했다.

이전이었다면 비통함이 담겼겠지만, 지금은 오히려 안도와 희망이 어린 한숨이었다.

일단 살아만 있다면 늦은 건 아니었으니 말이다.

"그렇구나. 들어가 봐도 되겠는가?"

"물론입니다!"

어의는 재빨리 내문을 열었다.

뒤이어 침대에 누워 미약하게 숨을 내쉬는 신유철의 모습이 보였다.

약선은 그런 상왕에게 다가가 말했다.

"형님. 저 왔습니다."

그 순간이었다.

"아……."

신유철은 번쩍 눈을 떴다.

마치 동생의 목소리를 기다리고 있었던 것처럼.

어의가 놀라 뭐라 말하려 했으나, 약선은 손짓으로 그를 제지시켰다.

그리곤 자신을 바라보는 신유철의 시선을 마주했다.

"……살았구나. 운아."

"네, 보다시피."

"모두 내 덕임을 잊지 마라. 네가 먼저 가는 줄 알고 욕을 한 바가지나 퍼부었으니 말이야."

"욕을 많이 먹으면 오래 산단 말입니까?"

"그래. 그 말이다."

"그 말대로면 저보다 형님이 더 오래 살아야 하는 거 아닙니까? 동부 연합의 모든 이들이 형님을 욕했으면 그 양이 어마어마할 테니 말입니다."

"……그렇긴 하구나."

신유철은 씁쓸하게 웃었다.

"다 헛소리였구나."

"그걸 이제야 아신 겁니까? 참 대단하십니다그려."

장난기를 담아 웃음을 던지는 약선이었으나, 금세 표정을 갈무리했다.

인사는 이 정도면 적당했다.

슬슬 본론으로 들어갈 때였다.

"형님."

"할 말이 있거든 빨리 하거라. 조금 피곤하구나."

"아무래도 형님에게 마지막으로 한 번의 기회가 남아 있는 것 같습니다."

신유철의 놀란 눈동자가 허운을 향했다가, 그의 시선에 따라 힘겹게 아래로 움직였다.

이내 시야에 들어온 것은 손바닥 위에 놓은 작은 씨앗이었다.

"……그게 무엇이냐?"

"저를 살린 생원과의 씨앗입니다. 만약 이 씨앗이 과실과 같은 효과를 보인다면, 형님의 몸도 가장 이상적인 상태로 치유될 것입니다."

"네가 말을 늘어놓는 걸 보니 그게 다가 아닌 모양이구나."

역시 눈치 하나는 빠른 양반이다. 약선은 작게 한숨을 내쉬더니 설명을 이어 갔다.

"몇몇 씨앗에는 독성이 있고 이것 또한 그럴 가능성이 있습니다. 그렇기에 심각한 부작용이 따를 수 있습니다."

"부작용이라면 어떤 것을 말하는 것이냐?"

"사실 저도 모릅니다. 어떤 부작용이 나올지, 얼마나 심할지, 아니 애초에 부작용 같은 건 없을 수도 있죠. 그리고 기대치보다 효능이 낮을지도 모릅니다. 확실한 건 아무것도 없다는 말입니다."

누구도 시도해 보지 않은 방법이고, 기록된 내용도 전무해

참고하는 것도 불가능하다.

결국 이 순간 약선이 할 수 있는 말은 없는 것이나 마찬가지였다.

그 탓에 씁쓸한 약선이었으나, 이내 두 눈에 굳은 의지를 품으며 말을 이어 갔다.

"하지만 형님이 나처럼 될 수도 있습니다. 다시 살아날 수도 있다는 말입니다."

어느 것도 확신할 수 없다면, 일단은 최선만을 기대해 본다.

곧 죽어도 이상하지 않을 이강진에게 더 이상 최악은 없을 테니까.

"어떻게 하시겠습니까?"

이제 남은 것은 신유철의 결정뿐.

그렇게 허운은 결정을 기다렸으나, 신유철은 입을 살짝 벌리고 있을 뿐 그 어떤 답도 주지 않았다.

설마 대답할 기력도 없는 것일까?

약선은 재빨리 신유철의 목에 손가락을 가져다 대며 맥을 짚었다.

신유철의 핀잔이 들려온 것도 동시였다.

"약 먹여 달라니까 왜 맥을 짚고 있냐?"

"……"

"이런 놈을 약선이라고 떠받드니 이 나라 의술이 이 모양이지. 쯧쯧."

67

"후우."

할 말은 많지만 애써 참아 내는 약선이었다.

"혹 마지막으로 남길 말은 있으십니까?"

약선의 말에 신유철은 피식 웃었다.

"왜, 아예 죽으라고 고사를 지내지 그러느냐?"

"그런 뜻이 아니지 않습니까?"

"그럴 필요 없다."

신유철은 단호하게 말했다.

"난 무조건 다시 일어나 너희 두 놈과 또다시 여행을 갈 테니까. 이번에는 서역으로 가자. 강진이 손자 놈이 가지고 온 물건을 보니 흥미가 생겨서 말이야."

"……그러시죠."

아마도 귀찮은 일이 산더미일 것이다.

하지만 세 사람이 함께할 수 있다면야, 그것도 괜찮지 않을까? 나름 재미도 있지 않을까 싶기도 하고.

그렇게 고개를 끄덕인 약선은 신유철의 입에 씨앗을 넣어 주었다.

"그럼 행운을 빕니다. 형님."

이윽고 신유철이 목구멍 너머로 씨앗을 넘기는 순간.

방대한 기운이 신유철의 몸을 감싸며 소용돌이치기 시작했다.

◆ ◆ ◆

익숙한 대문 앞.

나는 작게 심호흡을 한 뒤 대문을 두드렸다.

"누구십니까?"

이윽고 한 여자가 문 앞에 선 나를 보고 깜짝 놀랐다.

"어머, 선인님?"

왕국에서 가장 치명적인 암살자였으나 이제는 평범하게 한 남자의 여인으로 남은 존재.

금수란.

"여긴 어쩐 일로 오셨습니까?"

"그게……."

기별도 없이 찾아왔으니 저런 반응을 보이는 것도 당연하겠지.

그건 그렇고, 뭐라고 말을 시작해야 될까?

그런 고민을 하고 있을 때, 금수란의 말이 먼저 이어졌다.

"일단 안으로 들어오세요."

"네, 감사합니다."

의도한 건 아니지만, 일단 짧은 위기는 넘어갔다.

이동하면서 어떻게 할지 고민해 보자.

그렇게 금수란을 따라 대문 안으로 들어서자, 대청마루에 앉은 김윤수가 보였다.

"남편분 상태는 좀 어떻습니까?"

"그래도 가벼운 나들이 정도는 가능할 정도가 되었습니다."

"가벼운 나들이라……."

꾸준하게 치료를 받고는 있었으나 크게 나아질 것이라 기대해선 안 됐다.

애초에 약선님께 치료를 받을 때도 꾸준히 치료를 받아야 일상생활을 할 수 있다고 하시지 않았던가.

심지어 두 눈마저 멀어 버린 상황이니, 일반적인 일상생활마저 유지할 수 없다.

단지 죽지 않고 삶을 이어 가고 있을 뿐이다.

그렇기에 금수란은 동시에 두 가지 감정을 느끼고 있을 것이다.

김윤수가 살아 있다는 만족감과 남편을 저리 만든 것이 자신 때문이라는 죄책감 말이다.

내가 이곳에 찾아온 이유도 그것과 연관이 있었다.

나는 금수란에게 시선을 돌리며 물었다.

"금수란 씨, 한 가지 제안할 것이 있어 찾아왔습니다."

"네? 제안이요?"

나는 가지고 온 씨앗을 내밀어 그녀에게 보여 주었다.

"이게 뭐죠? 아니, 그보다 제안이라는 게……."

도무지 영문을 모르겠다는 듯한 표정을 보니, 아무래도 나도 마음이 앞섰나 보다.

"아, 미안합니다. 너무 성급해 설명이 부족했습니다. 이렇게 말하면 이해가 빨라지겠군요."

이후 나는 천천히, 그러면서도 또박또박 한 단어를 언급했다.

"생원과."

생원과.

금수란이 내용을 파악하기에 충분한.

그리고 그녀의 눈이 더 이상 커질 수 없을 만큼 휘둥그레지도록 만들 수 있는 단어였다.

금수란의 표정이 순식간에 희망으로 부풀어 올랐다.

"……그 말이 정말입니까?"

그녀는 두 귀로 직접 들었음에도 믿기 어려운지 되물어 왔다.

충분히 예상한 반응이었다.

생원과를 얻기 위해 호현에 잠입을 시도했었으나 실패했던 전적이 있는 그녀였으니까.

심지어 호현 입구에 발을 딛기도 전에 저지당했고 산족의 얼굴은 보지도 못했다.

왕국 최악의 암살자라 불렸던 금수란이 말이다.

그렇기에 생원과를 얻는다는 게 얼마나 어려운 일인지, 아니 불가능에 가까운 일이라는 걸 그녀는 모를 수가 없었다.

그런 와중에 정체불명의 씨앗을 내밀며 생원과를 언급하고 있으니 더더욱 의아하지 않겠는가.

지금은 의심을 싹을 짓밟아 줄 때였다.

나는 고개를 끄덕이면서도 그녀에게 확신을 심어 줄 한마디를 던졌다.

"최근 양천에 벌어졌던 일을 아십니까?"

"네, 안 그래도 약선님을 뵈려고 찾아갔던 차에 나찰들이 공격해 왔다고 들었습니다. 그런데 그건 왜……?"

"그럼 약선님의 용태가 좋지 않은 것도 알고 계시겠군요."

약선님의 말이 나오자 금수란은 걱정스러운 얼굴로 고개를 끄덕였다.

"이후로 들은 게 없어 어떻게 되셨을지 걱정하던 차였습니다. 하필이면 저희의 은인께서 그런 변고를 당하셔서……."

"그러셨군요. 그럼 이젠 걱정하지 않으셔도 됩니다."

"약선님께서 쾌유하신 겁니까?"

여태껏 대청마루에 앉아 듣고만 있던 김윤수의 물음이었다.

그가 볼 수는 없겠지만, 나는 환한 미소를 머금으며 대답했다.

"네, 자리를 털고 일어나셨습니다. 아니, 오히려 전보다 회춘하셨죠."

"다행입니다!"

김윤수는 마치 자기 일인 양 기뻐했다.

그것은 금수란 또한 마찬가지였다.

그간 마음고생이 심했던 것인지, 그녀는 최악의 암살자라는 칭호가 무색하게 눈시울을 붉힌 채 우는지 웃는지 모를 얼굴을 하고 있었다.

그럼에도 두 사람이 어떤 생각을 품고 있는지는 단번에 알
아챌 수 있었다.

안도와 평안, 그리고 가슴속에서 우러나오는 진실한 감사.

두 사람이 보여 주는 모습엔 한 점의 거짓도 섞여 있지 않
았다.

'원래도 대단한 사람들이었지만, 더 굉장하네.'

회귀 전, 수많은 사람들을 만나고 겪어 봤기에 안다.

사람만큼 간사한 존재는 없다는 것을 말이다.

도움을 구할 때는 자존심 따위 내던지고 굽신거리지만, 필
요한 걸 얻고 나면 언제 그랬냐는 듯 금세 태도를 돌변한다.

물에 빠진 사람을 살려 줬더니 잃어버린 보따리를 내놓으
라 따진다는 말이 괜히 있는 게 아니었다.

이들도 충분히 그럴 수 있었다.

죽음으로 향하던 발걸음을 되돌려 줬고 거처도 마련해 줬
지만, 약선님은 양천이 아닌 수도에 계셨다.

은인과 물리적 거리가 멀다는 것.

이는 그를 향한 감사함도 옅어질 수 있다는 말이나 마찬가
지였다.

'그런데도 이 부부는 그러지 않았지.'

약선님께 구명받았던 그때처럼.

여전히 당시의 고마움을 마음속에 간직하고 있다.

보답할 수 있는 기회가 주어지기만을 바라며 말이다.

'약선님이 씨앗의 주인으로 낙점한 이유도 이 때문이겠지.'

나 역시 약선님의 의견에 동의했고, 그 선택이 옳았음을 두 눈으로 확인했다.

그렇다면 이젠 저들의 바람을 이룰 수 있는 기회를 제공해 줄 차례.

나는 금수란의 눈을 마주하며 확언했다.

"그 모든 게 생원과 덕분이었습니다. 전설대로 복용한 사람의 몸을 이상적인 상태로 바꿔 주었죠. 약선님이 그 증거입니다."

약선님의 상태를 직접 목격하진 못했겠지만, 어떤 명의라도 어쩔 도리가 없는 상황임은 전해 들었을 것이다.

그런 분이 이전보다 더욱 건강한 모습으로 살아났으니 내 말을 거짓으로 치부할 순 없겠지.

그러니 지금이 이곳을 찾아온 목적을 밝힐 때였다.

"이것이 그 생원과의 씨앗입니다."

"……."

금수란은 멍하니 씨앗을 바라볼 뿐, 펄쩍 뛰며 좋아한다거나 급격히 실망스러워하지 않았다.

그저 어떻게 반응해야 좋을지 모르겠다는 얼굴이었다.

당연한 일이었고 이미 예상한 반응이다.

생원과의 씨앗이라 한들 그녀로선 이걸로 뭘 할 수 있을지 알지 못할 테니까.

그렇다면 이해에 도움을 줘야겠지.

"의학서에 따르면 적지 않은 수의 씨앗이 과실과 같은, 아니 오히려 더 좋은 약효를 가지는 경우가 있습니다."

"씨앗도 약이 된다는 말입니까?"

"정확히 들으셨네요. 비록 온전한 생원과는 아니나, 씨앗은 이렇게 남아 있다. 이게 뭘 의미할까요?"

"그렇다면……."

씨앗에 시선을 집중하고 있던 금수란이 황급히 고개를 치켜들었다.

"그 씨앗을 제 남편에게 주실 수 있겠습니까?"

"당연하죠. 그럴 생각으로 찾아온 것이니까요."

"그럼 지금 바로……."

"진정하세요. 아직 설명이 끝나지 않았습니다."

금수란에게 있어서는 일생일대의 선택이 될 것이다.

행복을 누리며 화목한 가정을 유지할 것인가.

아니면 좌절과 자책으로 허송세월을 보낼 것인가.

어떤 선택을 내리느냐에 따라 그녀의 미래는 극단으로 향할 것이다.

그러니 나에겐 확실하게 설명해 줄 의무가 있었다.

"모든 씨앗이 좋은 결과를 만들어 내진 않습니다. 오히려 목숨을 잃게 만드는 부작용을 낳기도 하죠."

희망으로 가득했던 금수란의 얼굴이 순식간에 어두워졌다.

그럼에도 나는 꿋꿋이 설명을 이어 갔다.

긍정적인 요소만 가진 것은 세상 그 어디에도 없으니까.

그런 건 낙원이라 일컫는 곳에서나 존재하는 법이다.

"그리고 저나 약선님이나 그 어떤 것도 보장할 수 없습니다. 생원과의 씨앗이 열매와 똑같은 효능을 가지고 있는지조차도 말입니다."

금수란은 허망하게 나를 바라봤다. 표현은 하지 않아도 내가 야속하게만 느껴질 것이다. 희망을 가지고 온 척, 절망도함께 가져온 셈이었으니까.

나는 그녀의 시선을 묵묵히 감내했다.

비난하든 욕하며 손가락질하든 그 어떤 것도 신경 쓸 필요가 없다.

내 역할은 어디까지나 결정을 내리는 데 참고할 수 있는 모든 것을 전달해 주는 보조일 뿐.

"어떻게 하시겠습니까?"

선택은 금수란, 그리고 김윤수의 몫이었다.

"……."

금수란은 내밀었던 손을 살짝 움츠렸다.

고민이 될 수밖에 없을 것이다.

금수란은 잃을 것이 많다.

비록 정상적인 생활을 할 수 없더라도 김윤수는 살아 있고 앞으로도 꽤 오랜 시간을 함께할 수 있을 것이다.

눈이 멀어 버려 같은 하늘을 바라볼 수 없고, 꽃의 아름다움을 이야기할 수 없을지라도 같은 음식을 먹고 서로의 숨결을 느끼며 미래를 그려 갈 수 있다.

'더 나은 미래를 위해 위험을 감수하느냐, 아니면 현 상황에 만족하느냐.'

절대로 쉽게 결정할 수 없는 물음이었다.

"당장 답을 주실 필요는 없습니다. 충분히 고민해 보시고……."

"아뇨, 그러실 거 없습니다."

금수란은 씁쓸하게 미소를 지었다.

"지금에 만족하며 살겠습니다."

최선은 아니나 보장된 미래.

그것이 금수란의 선택이었다.

"……죄송합니다."

"아닙니다. 저라도 그랬을 겁니다."

아쉽지 않은 건 아니다. 지금의 나에겐 한 명의 고수라도 절실한 상황이니 말이다.

그렇다고 금수란에게 희생을 강요할 수도 없다. 누구에게도 타인의 행복을 앗아 갈 권리 따윈 없으니까.

"혹시라도 생각이 바뀌시면 연락 주십시오."

"……네. 선인님."

그렇게 아쉬움을 뒤로한 채 돌아서려는 순간.

"잠시만요."

또 다른 목소리가 날아와 나와 금수란의 발목을 붙잡았다.

목소리의 주인은 대청마루에 멍하니 앉아 있던 김윤수. 그는 희미한 미소를 지으며 말을 이어 갔다.

"그런 건 환자가 결정해야 하는 일 아니었습니까?"

"서방님!"

금수란은 순식간에 김윤수의 옆으로 달려가 당황한 얼굴로 말했다.

"무리하실 필요 없습니다."

남편의 손등에 얹어진 금수란의 손이 벌벌 떨리기 시작했다.

"전 이대로도 좋습니다. 그러니까……."

"제가 안 괜찮습니다. 부인."

그러나 금수란의 만류에도 불구하고, 김윤수는 단호했다.

"이제 부인의 얼굴이 잘 기억나지 않습니다. 지금도 부인의 얼굴이 보고 싶습니다. 당신에게 좋은 요리를 해 주고, 같이 여행도 다니며 그렇게 살고 싶습니다. 그리고……."

김윤수는 금수란의 손을 더욱 꽉 잡으며 미소 지었다.

"우리를 닮은 아이도 낳고 싶습니다."

아이를 낳고 싶다.

그 말에 금수란의 동공이 흔들렸다.

그녀라고 왜 욕심이 없겠는가? 아이도 낳고, 여행도 다니는 평범하지만 행복한 삶을 왜 살고 싶지 않겠는가?

자신도 그러고 싶은 마음은 굴뚝같았지만 애써 모른 체 외면해 온 것이다. 꿈에서 깬 현실로 돌아오면 남는 것은 고통 뿐이었으니 말이다.

아내의 심정을 이해한 것인지 김윤수는 인자한 미소와 함께 말을 이어 갔다.

"너무 걱정하지 마세요, 부인. 어떤 것도 확신할 수 없다는 말은 부작용이 없을 수 있다는 뜻도 되지 않습니까? 우리에게 두 번 다시 없을 기회이기도 하고요. 무엇보다 이서하 선인님이 가져오신 것이 아닙니까?"

김윤수는 내 방향으로 슬쩍 고개를 돌렸다.

"선인님이 가져온 약보다 믿을 만한 것이 있겠습니까?"

뭐지, 저 의심 한 점 찾아볼 수 없는 믿음은?

나 그렇게 대단한 사람이 아닌데…….

그리고 씨앗의 정제는 약선님이 하셨다. 난 그저 곁에서 거들기만 했을 뿐이지.

그런 내 마음을 아는지 모르는지, 김윤수는 여전히 사랑 가득한 음성을 이어 가고 있었다.

"이제껏 선인님이 우리에게 안 좋은 결과를 안겨 준 적이 있습니까? 지금 이 순간에도 부인의 손을 잡을 수 있게 해 준 것도 이서하 선인님 덕분이지 않습니까?"

"그거야 물론…….."

"부인, 이번에도 다르지 않을 겁니다. 선인님을 믿어 보세요."

뭔가 대단한 오해를 하고 있는 것만 같다.

당시에 김윤수를 살린 건 약선님이었고, 이번에는 잘못되면 뭘 어떻게 해 줄 수 없는 상황인데 말이다.

"그리고 선인님이 급히 찾아오시며 제안을 하신 이유도 알고 있지 않습니까? 아마도 미력하나마 제 힘이 필요하기 때문이겠지요."

"……서방님."

"은인께서 도움을 구하고 있습니다. 은혜를 입은 자로서 이를 모른 척해서야 되겠습니까? 부인, 무사로서 체면을 지킬 수 있게 이해해 주시오."

구구절절 옳은 말을 하는 남편에게 금수란은 아무 대답도 할 수 없었다.

김윤수는 그런 부인의 얼굴을 양손으로 어루만지며 인자한 미소로 말했다.

"걱정하지 마세요. 난 죽지 않을 겁니다."

그 말을 끝으로 논의를 끝낸 김윤수는 지팡이를 짚으며 천천히 나의 앞으로 다가왔다.

"그럼 부탁합니다. 선인님."

그를 마주한 내가 오히려 당황스러웠다.

죽을지 모르는데도 어떠한 두려움도 느껴지지 않는다.

득도한 성인의 초연함을 마주하는 듯했다.

어쩌면 그의 결의가 그만큼 굳건하다는 뜻일 것이다.

"여기 있습니다."

담대한 의지에 속으로 찬사를 보내며 그의 손에 씨앗을 쥐여 주었다.

　"안전한 곳에서 삼키시면 됩니다."

　김윤수는 고개를 끄덕이고는 금수란의 옆으로 돌아가 앉았다. 그리고는 부인의 손을 살포시 잡으며 말했다.

　"그대의 얼굴을 다시 볼 수 있기를 빕니다."

　직후 여태껏 미소가 떠난 적 없던 그의 표정이 딱딱하게 굳어졌다.

　"부인, 위험할 수 있으니 잠시 떨어져 있는 게 좋겠습니다."

　생원과 씨앗 또한 영약과 같은 것이었기에 이를 섭취했을 때 어떤 일이 벌어질지 알 수 없었다.

　금수란이 마지못해 거리를 두자 김윤수가 씨앗을 입에 넣었다.

　그리고 그 순간.

　이윽고 그의 몸에서 방대한 기운이 뿜어져 나왔다.

　씨앗의 기운이 마치 생존을 향한 몸부림처럼 복용자의 몸에서 빠져나오기 위해 난동을 부리기 시작한 것이다.

　"안 돼!"

　요동치는 기운에 놀란 금수란이 이성을 잃고 남편을 향해 달려가려 했다.

　"금수란 씨!"

　나는 그런 그녀를 간신히 붙잡아 멈춰 세운 뒤 강하게 소리쳤다.

"운기조식 중인 거 안 보입니까! 운기조식 중인 무사를 건드리면 어떻게 되지는 몰라서 그런 겁니까!"

"……!"

금수란의 얼굴이 창백해졌다.

그녀 역시 무공을 배운 만큼 운기조식을 방해하면 얼마나 큰 위험을 초래하는지 잘 알고 있었다.

내가 말리지 않았다면 그녀는 제 손으로 남편을 죽게 만들었을지도 몰랐다.

다행히 금수란은 빠르게 이성을 되찾았다.

"……죄, 죄송합니다. 그리고 감사합니다, 선인님."

"아직 감사는 이릅니다. 모든 게 끝난 뒤에 해도 늦지 않습니다."

이제부터 나와 금수란이 할 수 있는 일은 없다.

지금부터는 온전히 김윤수의 싸움이니까.

그렇게 불안한 얼굴로 김윤수를 바라보던 금수란은 무릎을 꿇고 앉아 기도하기 시작했다.

"제발 이겨 내시기를……."

나는 그런 금수란은 슬쩍 바라본 뒤, 조용한 싸움이 벌어지고 있는 장소로 시선을 돌렸다.

겉으로 평온해 보이지만, 지금의 김윤수는 한시라도 방심해선 안 됐다.

잠시라도 빈틈을 보여 기운에 먹혀 버리면 주화입마에 빠질 테니 말이다.

'부작용 한번 고약하네.'

생원과 때와는 완전히 달랐다.

지율이는 운기조식 같은 것을 할 필요가 없었다.

생원과의 기운이 자연스럽게 몸에 녹아들었기 때문이다.

반면 씨앗의 기운은 거칠게 저항하며 제어를 거부했다. 씨앗이 갖는 본연의 기질이 발휘된 탓일까?

'뭐, 정답은 아니겠지만.'

아마도 그건 신만이 알겠지.

이 순간 내가 확신할 수 있는 건, 저 기운의 통제에 성공한다면 생원과와 같은 효과를 볼 것이란 점이었다.

다만, 내가 가장 중요한 요소를 간과했다는 게 문제였다.

'낭패다.'

기혈이 전부 막혀 폐인이 되어 버린 김윤수가 몸 밖으로 빠져나오기 위해 요동치는 저 기운을 다스릴 수 있을까?

'힘들겠지. 아니, 불가능하다.'

건장한 무사도 버거워할 기운인데, 김윤수가 이를 극복한다는 게 가당키나 할까?

결국 내 욕심 때문에 두 사람의 인생을 망치기 일보 직전이었다.

굳이 씨앗이 없더라도 나름대로 만족할 일상을 이어 가고 있는 이들을 억지로 붙잡아 떼어 내 버린 꼴이었으니 말이다.

'젠장!'

그렇게 생각할 때였다.

'⋯⋯어?'

전혀 예상치 못한 상황이 펼쳐지기 시작했다.

요동치던 기운의 움직임이 점점 잦아들어 갔다.

일단 기운을 진정시키는 것까지는 성공한 것이었다.

그 놀라운 광경에 가장 먼저 의문이 들었다.

'어떻게?'

하지만 물음을 던짐과 동시에 내가 잊고 있던 사실이 떠올랐다.

'아, 김윤수는⋯⋯.'

태어날 때부터 몸을 좀먹는 강한 기운과 싸워 오지 않았던가?

그가 폐인이 된 이유는 몸이라는 그릇에 담기 버거울 정도로 많은 내공을 가지고 있었기 때문이다.

그렇기에 그는 한평생 기운을 억누르며 살아왔다.

그리고 지금 하고 있는 운기조식은 그가 평생을 해 온 것과 크게 다르지 않았다.

'희망이 있다.'

나는 금수란의 옆에 앉았다.

의원으로서 김윤수의 싸움을 처음부터 끝까지 지켜봐야 한다.

그렇게 해가 중천을 넘어 지평선 너머로 떨어지고 초승달
이 하늘의 정중앙을 차지할 때.

김윤수의 몸에서 느껴지던 기운이 자취를 감췄다.

"……서방님."

금수란은 벌떡 일어나려다 인상을 쓰며 다시 주저앉았다.

장시간 무릎을 꿇고 앉아 있었던 탓에 몸이 뜻대로 움직이
지 않았던 것이다.

이에 짜증을 내면서도 다시 일어서려는 그녀였으나, 일순
움직임을 멈췄다.

뚜벅. 뚜벅.

누군가 그녀를 향해 걸어오더니 무릎을 꿇고 눈높이를 맞
추었다.

그리곤 아무런 말도 없이 자신을 바라보기 시작했다.

평소 초점 없던 눈동자에선 그윽한 눈빛이 느껴졌다.

이내 뻗어진 두 손이 금수란의 얼굴을 부드럽게 어루만졌
고, 뒤이어 애절한 탄사가 들려왔다.

"이제 기억나네요. 그대는 언제나 이렇게, 이렇게 아름다
웠소."

금수란의 볼을 타고 눈물이 한 방울 흘렀다.

언제고 바라 마지않았던 순간이었고 마침내 꿈이 이루어
졌다.

지금까지 오직 남편의 건강을 되찾기 위한 삶을 살아온 그

녀였으니 말이다.

하고 싶은 말들이 수없이 머릿속을 맴돌았다.

하지만 금수란은 눈물만 흘릴 뿐 정작 어떠한 말도 내뱉지 못했다.

김윤수는 그런 그녀를 포근히 안았다.

"고생 많았습니다. 부인."

"끄윽……."

그제야 금수란은 여태 홀로 감내해 왔던 심적 고통을 울음과 함께 쏟아 내기 시작했다.

그렇게 한참을 대성통곡하고 난 뒤에야 그녀는 힘겹게 입을 열었다.

"고맙습니다……. 살아 줘서 정말로 고맙습니다."

수많은 말들 중에 가장 먼저 꺼낸 말이 살아 있다는 것에 대한 감사.

그녀는 이후에도 그 말만을 반복할 뿐이었다.

그때까지 멍하니 두 사람을 바라보던 나는 빠르게 등을 돌렸다. 목적도 이룬 마당에 더 남아 있을 이유가 있을까?

그렇게 발걸음을 옮기려는 찰나.

"감사합니다. 선인님."

여전히 감정을 정리하지 못한 금수란과 달리, 김윤수는 차분한 얼굴로 나를 바라보고 있었다.

"이 은혜를 어떻게 보답해야 할지……."

"아닙니다."

나는 길게 말을 끌지 않았다.

"오늘은 이만 돌아가 보겠습니다."

나는 고개를 숙여 보인 뒤 성큼성큼 저택을 벗어났다.

이 순간 저들 사이에 끼어들 용기는 없었다.

그러니 오늘은 자리를 비켜 주도록 하자.

항상 함께였으나, 한순간도 온전한 행복을 누리지 못한 두 사람을 위해.

◆ ◈ ◆

어느덧 시간이 흘러 민아 선배가 신평으로 돌아가는 날이 되었다.

나는 부하들을 인솔해 떠날 준비를 하는 민아 선배에게 다가갔다.

"바빠서 첫날 이후로는 제대로 대접도 못 했네요. 죄송합니다."

"어? 아, 아니야. 할 일이 많으면 어쩔 수 없지. 나도 꽤 바빴고. 그리고……."

말을 멈추고 말고삐를 만지작거리던 선배는 어색하게 나를 돌아보았다.

"내가 필요한 일이 있으면 꼭 불러. 바로 달려갈 테니까."

"네, 그러겠습니다."

민아 선배는 미소를 지어 보이고는 말 위에 올라탄 뒤 표정을 바꾸며 외쳤다.

"출발한다!"

그렇게 민아 선배가 떠난 후 나는 동료들을 돌아보았다.

"우리도 슬슬 움직이자."

신평의 무사들이 도와준 덕분에 양천 복구는 어느 정도 일단락되었다.

이제는 수도로 돌아가 목령인들과의 동맹 건과 현 상황에 대해 의논하고 다음 작전을 생각해야 할 때였다.

'더 이상 미래를 안다는 이점은 없다.'

전처럼 은월단의 계획을 미리 알고 선수 치는 방식은 사용하지 못한다.

결국 이제부터는 살얼음판 위를 걸어야 한다는 말이었다.

그렇다고 불리하기만 한 건 아니다. 왕국의 상황도 회귀 전과는 완전히 달라졌다. 이전처럼 아무것도 못 하고 나찰에게 패배하는 그런 일은 벌어지지 않을 것이다.

'지금부터는 정보 싸움이다.'

정보부든, 후암이든 있는 패는 다 사용해 적의 움직임을 예측하고 적재적소에 인재를 배치해야 한다.

그렇게 쉬지 않고 달려 도착한 수도.

나는 동료들에게 잠시 대기하라 말한 뒤 바로 신유민 전하가 있는 왕궁으로 향했다.

하지만 그때.

한 남자가 나에게 다가와 말했다.

"돌아왔구나. 서하야."

아린이의 아버지.

유현성이었다.

"단장님. 그동안 별일 없으셨습니까?"

"아린이의 혼인 날짜를 잡지 않은 것만 빼면 없지."

"아……."

여전히 포기를 모르는 남자다.

"그보다, 잠시 시간 괜찮으냐? 잠시 할 이야기가 있어서."

"급한 게 아니라면, 전하를 먼저 뵙고 와도 괜찮겠습니까?"

"그럴 필요는 없단다."

영문 모를 답변에 고개를 갸웃하자 유현성이 말을 이어 갔다.

"내가 할 말이 그것과 관련 있으니 말이야."

후암의 단장이 전하와 관련해 할 말이 있다?

뭐지? 내가 자리를 비운 사이에 무언가 일이 진행되고 있는 것일까?

그렇게 고민하고 있자 유현성이 내 귀에 대고 작게 속삭였다.

"홍등가의 방주를 잡을 생각이시다."

"……!"

홍등가의 방주.

이주원을 목표로 움직이기 시작한 것이다.

"여기서는 그러니 다른 곳으로 가서 대화하도록 할까?"

다시금 수도에 피바람이 불기 시작했다.

Chapter 118.

아린이의 아버지, 유현성을 따라 도착한 곳은 시가지에서 멀찍이 떨어진 허름한 주막.

외형과 지리적 원인 탓에 내부에 자리한 손님은 고작 몇몇에 불과했다.

과연 이문은 남길 수 있을지 걱정이 될 정도로 지극히 평범하게 느껴질 광경이었다.

물론, 일반인들에게 그렇다는 말이었다.

'절대 평범한 주막은 아니다.'

손님 행세를 하고 있지만, 그들이 뿜어내는 기운은 수준 높은 무사의 그것이었다.

입구에 들어간 순간 빠르게 상대를 훑어보던 시선 또한 일반인의 행동이라곤 볼 수 없었다.

그리고 그 이후로는 단 한 번도 시선을 주지 않는다.

그것은 유현성이 입장하며 고갯짓을 하자 의미심장하게 고개를 끄덕이는 것으로 답한 주인장 역시 마찬가지.

'과연 그런 거였나?'

왜 이곳으로 나를 데려온 것이지 이해할 수 있었다.

후암의 단장이 전하의 알현을 막으면서까지 데려온 장소가 허름한 주막.

손님으로 위장한 채 상주하고 있는 무사들.

그리고 유현성의 정체를 알고 있다는 듯 그 어떠한 대화도 건네지 않는 주인장.

이것들이 가리키는 진실은 하나밖에 없었다.

"수도에도 지부가 있었나 보네요."

왕국 내에서 후암의 손길이 닿지 않는 곳은 어디에도 없다.

더군다나 이곳은 왕국의 중심이라 할 수도 천일.

그 안에 지부가 존재하는 건 어쩌면 당연한 일이었다.

"호오, 왜 그렇게 생각하지?"

그런데 유현성은 의외라는 얼굴로 바라봤다.

아니, 정확히는 눈썰미에 감탄한 느낌이랄까?

그리고 왜 그런 생각을 하게 되었는지를 묻는 듯한 눈빛이었다.

그렇게 궁금하시다면 대답해 드리는 게 인지상정.

"손님으로 가장한 무사들도 그렇고, 주문을 받을 생각조차 없어 보이는 주인장이 평범할 리 없으니까요."

손님이 들어왔다면 자리에 앉기 무섭게 주문부터 받는 게 주인장의 역할이다.

빈자리가 많다면 어떻게든 붙잡아 두려 더 열정적으로 다가왔을 테고 말이다.

그런데 그저 고개를 끄덕일 뿐 별다른 조치가 없다는 건…….

"단장님과 구면이란 뜻이겠죠. 그리고 급하신 것처럼 보이신 것과 달리 이런 곳으로 안내하셨다면, 분명 또 다른 의도가 있을 것이라 생각했습니다."

후암의 지부라면 대소사를 논하기에 더할 나위 없는 장소일 테니 말이다.

"역시 눈치가 빠르군."

"조금만 신경 쓰면 누구나 알 수 있는 것입니다."

나름 흡족한 대답이었는지 유현성이 고개를 주억거렸다.

그러나 뒤이어 그가 내뱉은 말은 예상과 조금 달랐다.

"하지만 한 가지 틀린 것이 있네."

단장님은 장난스러운 미소를 머금은 채 말을 이어 갔다.

"여기는 지부가 아닐세."

"……네?"

뭐지? 지부가 아니라면 또 다른 뭔가가 있는 걸까?

그런 의문을 품을 때, 전보다 더욱 충격적인 이야기가 흘러
나왔다.

"여기가 바로 본부라네."

"……여기가요?"

이 허름한 주막이 후암의 본부라고?

아무리 후암이 비밀리에 움직이는 조직이라고는 하지만
엄연히 왕실정보부 소속이다.

모르긴 몰라도 그 수가 최소 세 자리는 될 텐데 이런 허름
한 주막을 본부로 사용하는 게 가당키나 한 일인가?

그렇게 생각하고 있을 때 단장님이 말을 이었다.

"왜? 우리가 대단한 건물이라도 지어서 여기가 후암의 본
거지라고 대놓고 홍보라도 할 줄 알았나?"

"그건 아니지만, 그래도 규모가 너무 작은 거 아닌가 해서……."

"겉으로 보이는 것만으로 판단하면 안 되는 법이지."

그렇게 의미심장한 말을 남긴 유현성은 주막 내 구석으로
이동했다.

그리곤 주막과 같이 낡아빠진 찬장에서 찻주전자 하나에
손을 가져다 댔다.

유현성의 손길에 이끌려 주전자의 입구가 한 방향으로 맞
춰지자.

딸깍!

찬장이 벽으로 붙으며 드르륵! 소리와 함께 서서히 움직이

기 시작했다.

이윽고 눈앞에 펼쳐진 것은 어두컴컴한 지하로 통하는 돌계단.

'겉모습이 다가 아니란 말이 이 뜻이었구나.'

이런 곳에 비밀 통로가 있었을 줄이야.

전혀 상상조차 못 했다.

수도 외곽, 그것도 이렇게 후미진 주막이 후암의 본부일 것이라고 그 누가 예상할 수 있었겠는가.

놀라운 광경에 당황하고 있을 때, 유현성이 옆으로 비켜서며 손으로 입구를 가리켰다.

"그럼 들어가 볼까? 사위."

사위라는 소리를 왜 안 하나 했다.

'일단 그건 무시하고.'

나는 먼저 발걸음을 옮기는 단장님을 뒤따라 비밀 통로 안으로 들어갔다.

이윽고 허름한 밖과는 다른 세상이 펼쳐졌다.

어둠만이 가득하고 음습할 것이라 여겼던 공간은 수많은 등불로 환히 밝혀져 있었다.

심지어 곳곳에 자리 잡은 등은 일견하기에도 값이 나갈 물건들이었다.

후암의 본부에 들어섰다는 것은 이제야 체감할 수 있었다.

'알면 알수록 놀라움의 연속이네.'

회귀 전에도 후암의 본부엔 와 본 적이 없었다.

존재만 알려졌을 뿐, 그들에 관한 기록은 극히 드물었으니
말이다.

"잘 따라와라. 혹시나 모를 상황을 대비해 미로처럼 만들
어 놓은 곳이니."

단장님의 말에 나는 그의 뒤에 딱 달라붙어 이동했다.

'출발하고 일다경 정도 직진한 뒤 첫 갈림길에서 우측으로
꺾고, 바로 좌측으로 진입⋯⋯.'

그러면서 비밀 통로의 내부를 외우는 것도 잊지 않았다.

혹시 모르니까 말이다.

성무학관 입학시험에서 남악의 동굴을 이용해 좋은 성적
을 거뒀던 것처럼, 이것도 언제가 쓸모가 있을지 모르지 않
겠나.

그렇게 걷기를 한참.

꽤 오랜 시간이 지나고 나서야 철문 하나를 마주할 수 있
었다.

"여기가 본부입니까?"

"그래."

"그렇군요. 여기가 후암의 본부⋯⋯."

수도 남동쪽의 주막에서 출발해 북서로 이동했다. 지금까
지 이동한 거리와 방향, 그리고 소요된 시간 등을 계산해 본
다면 여기는⋯⋯.

'왕궁 밑이구나.'

그것도 국왕 전하의 침실 근처일 것이 분명했다.

왕가 직속 부대답게 주인 바로 밑에 자리를 잡은 것이다.

왕가의 그림자라더니.

본부 위치도 딱이네.

내가 그런 감탄을 하고 있을 때, 어느새 철문 앞에 선 유현성은 뒷짐을 진 채 말하고 있었다.

"그림자는 태양이 보지 못하는 것을 본다."

그와 함께 굳게 닫혀 있던 철문이 열리기 시작했다.

아무래도 방금 전의 대사가 후암의 본부에 진입하기 위한 암구호일 것이다.

'혹시 모르니 이것도 외워 두자.'

내용이 바뀔지 모르나, 알아 둔다고 손해 볼 일은 없으니 말이다.

이윽고 철문이 완전히 개방되며 비밀에 감춰졌던 후암의 본부가 처음으로 모습을 드러냈다.

이번에도 내가 상상했던 것 이상이었다.

서른은 족히 되어 보이는 이들이 바삐 움직이고 있었다.

지하 공간에 저 많은 인원이 있다는 것도 놀라웠으나, 그 무엇보다 내 시선을 끈 것은 저들이 다루고 있는 서류의 양이었다.

척 보기에도 넓은 공간엔 보관실이란 명패가 걸린 장소가

10곳이나 있었다.

그리고 수많은 사람들이 작업하고 있는 서류들이 전부 10번 보관실로 향하는 걸 보면 앞 번호의 장소들은 이미 가득 찼다는 소리겠지.

그것이 무엇을 의미하는지 알기에 온몸에 소름이 돋았다.

'고관대작들의 개인 정보를 저만큼이나 보유하고 있다는 말이잖아.'

어둠 속에서 여러 가문의 정보와 약점을 찾아 수집하는 게 후암(後暗)이다.

쉽게 말하면, 어느 가문이라도 당장 목줄을 옭아맬 내용이 저 안에 가득하다는 말이나 다름없었다.

'한백사의 속옷 색깔도 알아 올 수 있다더니…….'

과거 유현성이 했던 말이 단순한 허언이 아니었던 것이다.

거기까지 생각이 닿자 한순간 걱정이 밀려들었다.

'설마 나도 탈탈 털리고 있는 건 아니겠지?'

한때는 일개 성무학관 생도에 불과했으나, 이제는 왕국의 재신이자 최강의 무사라 일컬어지는 존재가 바로 나다.

아무리 국왕과 좋은 관계를 유지하고 있다지만, 정치에서 영원이란 단어만큼 의미 없는 말은 없다.

언제고 사이가 틀어질 때를 대비해 내 정보까지 모아 두고 있을지 모를 일이었다.

그때였다.

"그리 걱정할 거 없다. 설마 내가 사위한테 대원을 붙였겠느냐?"

……관심법이 있으신가?

단장님은 차분한 얼굴로 말을 이어 갔다.

"혹시나 이상한 짓은 하지 않을까 붙이고는 싶었지만, 그럴 수 없었지. 네가 알아차리지 못할 정도로 은신술이 뛰어난 대원은 흔하지 않아서 말이야."

"……흔하지 않다는 건 있기는 하다는 말 아닙니까?"

"그렇게 들렸나?"

단장님은 미소를 지어 보이고는 앞으로 걸어갔다.

"따라오게. 회의실로 가지."

"……"

뭐야? 그래서 결론이 뭔데?

붙였다는 거야, 안 붙였다는 거야?

묻고 싶은 말이 한가득이었으나, 나는 애써 눌러 담으며 단장님의 뒤를 쫓았다.

그렇게 조금 전과 동일하게, 하지만 앞서보단 확연히 좁은 통로를 걷는 과정이 이어졌다.

그로부터 어느 정도의 시간이 흘렀을 무렵.

마찬가지로 철문 하나가 둘의 앞을 막아섰다.

그 위에는 '단장 회의실'이라고 적혀 있다.

정말이지 의문이 끊이질 않는다.

철문들은 어떻게 이 지하까지 옮긴 것이며, 통로는 어느 세월에 뚫은 것일까?

아니, 애초에……

"꼭 이렇게까지 해야 하는 겁니까?"

비밀 통로와 미로를 거쳐 철문까지 통과한 시점에서 이렇게까지 할 필요가 있나 싶다.

하지만 단장님은 당연하다는 듯 대답했다.

"철저해야지. 누군가가 엿들을 수 있으니까."

철저해서 나쁠 건 없지만 저 정도면 병이 아닐까?

그렇게 들어간 회의실.

단장님은 상석으로 가 앉으며 나에게 곁의 자리를 권했다.

"호현에 다녀왔다는 소식은 들었다. 아린이는 몸 성히 잘 다녀왔는가?"

"네, 상처 하나 없이 복귀했습니다."

"그래, 그렇구나. 그거면 됐다."

단장님은 작게 한숨을 내쉬었다.

저 한숨의 의미를 알기에, 내가 할 수 있는 말은 오직 미안하다는 것뿐이었다.

"죄송합니다. 본의 아니게 항상 위험한 곳으로 데리고 가게 되네요."

"그걸 알고 있으니 그나마 다행이구나."

모르는 사람이 본다면 나는 이 왕국에서 가장 미친놈일 것이다.

언제나 가장 위험한 전장만 찾아다니며 싸우고 있으니까.

그런데 자신의 딸이 그런 미친놈이랑 어울려 다니고 있으니 아버지 입장에서는 마음에 들지 않을 수밖에.

"아린이만 좀 두고 다닐 수 없겠느냐? 불안해서 잠을 잘 수가 있어야지."

"저도 그 마음은 알지만, 아시잖아요. 어렵다는 거."

"그래도 네 말은 듣지 않을까?"

"제가 말한다고 아린이가 들을 거 같습니까? 자기가 필요 없어진 거냐며 풀이 죽는 것으로 끝나면 다행이겠죠. 아마 어떻게든 따라와 생각을 바꾸려 들걸요?"

"……그래, 그렇겠지."

단장님은 혀를 찼다.

말리고 싶지만, 그렇게 해 봐야 오히려 상황을 악화시키는 꼴밖에 되지 않으니 말이다.

그가 할 수 있는 행동이라곤 지금처럼 한숨을 쉬거나 혀를 차며 푸념하는 것뿐이었다.

"딸 키워 봐야 다 소용없다더니."

"아린이는 그럴 만하죠."

"……."

단장님은 잠시 나를 째려봤으나, 내가 당당히 마주 보자 민망한 듯 시선을 돌렸다.

"그래, 네 말이 맞다. 난 못난 아비였지. 그래서 지금부터라도 잘할 생각이다. 그러니 내 말을 꼭 명심해라. 네가 아린이를, 화강을 지켜 준 은인이라 할지라도 내 딸의 눈에서 눈물이 흐르게 하면 그때는 원수가 되는 거다. 알았느냐?"

"걱정하지 마십시오. 그럴 일 없을 겁니다."

"그래, 네가 나보다 잘하겠지."

자조적으로 말한 단장님은 서류 뭉치를 넘겼다.

"그럼 이제 본론으로 들어가지. 백성엽 대장군께서 이주원의 신상을 밝혀내는 일을 전적으로 우리 후암에게 맡기셨다."

충분히 이해할 수 있다.

후암은 최고의 정보기관이니까.

특히나 사람의 뒤를 캐는 데에 있어서는 말이다.

하지만 방금의 말은 큰 논리적 어폐가 있었다.

"그런데 왜 후암을 택한 겁니까? 대장군님껜 정보부가 최선의 선택지일 텐데요."

정보부는 병조에 속한 기관으로, 대장군의 의지대로 좌지우지할 수 있다.

형식상으론 유현성 또한 정보부의 일원이니, 간접적으로나마 후암의 도움을 받을 수도 있을 것이다.

하지만 그런 방법을 거치지 않고 굳이 후암을 지목했다.

엄밀히 따지면 국왕 전하의 직속 기관인 후암을 말이다.

지시를 내리거나 보고를 받는 과정에서 전하를 배제할 수 없고, 대외적으로 드러내며 활동할 수 없다는 명확한 한계도 존재하는데도 굳이.

"혹 제가 모르는 무슨 연유가 있는 겁니까?"

그러자 단장님은 내 앞에 놓인 서류 뭉치를 한 차례 바라봤다.

마치 그 안에 해답이 들어 있다는 듯이.

나는 즉시 서류 뭉치의 첫 장을 넘겼고, 이내 허탈한 표정을 지을 수밖에 없었다.

-정보부 잠입 인원 : 17명
-전원 실종. 사망으로 추정됨.

'실패로 돌아갔구나.'

이전 최천약 때문에 은악을 찾았던 백성엽은 홍등가 조사를 시도해 보겠다 말한 적이 있었다.

나는 그의 결정을 지지해 줬었다.

걱정에 앞서 가만히 있으면 바뀌는 건 아무것도 없으니까.

그런데 역시나 시도는 실패로 끝났고, 17명의 인재를 잃는 참혹한 결과로 이어졌다.

'쉽지 않을 거라 생각했지만.'

홍등가는 수도의 그 어떤 곳보다 폐쇄적이었다.

필연적으로 작은 사회가 형성될 테고, 서로에 대해 너무나도 잘 알 수밖에 없다.

게다가 치외 법권인 만큼 홍등가 휘하 고수들은 물론 암부의 무사들까지 상주하며 호위를 섰다.

한마디로 외부인이 잠입하기 위해선 오랜 기간을 소모해야 하고, 단 한 번이라도 발각되는 순간 모든 것이 끝나 버리는 극한의 임무라는 소리다.

그리고 그건 후암이라고 해서 크게 다르지 않았다.

가능한 일이었다면 지금까지 나서지 않을 이유가 없을 테니까.

"……같은 결과를 마주하게 될지도 모릅니다. 최고의 실력자를 보내도 성공을 보장할 수 없을 테니까요."

"나 역시 이미 알고 있다. 그러나 알면서도 해내야 해. 홍등가에 있는 무고한 자들까지 전부 죽이지 않으려면 말이야."

"……네?"

뭐? 누굴 죽여?

"그게 무슨 말입니까?"

"만약 후암마저 이주원의 신상을 파악하는 데 실패한다면, 홍등가 자체를 말살할 것이다."

"대체 누가 그딴 개소리를 지껄인 겁니까!"

나는 탁상을 내려치며 벌떡 일어났다.

그만큼 지금의 발언은 간과해선 안 될 말이었다.

홍등가에 몇 명이 사는 줄 알고 그걸 다 죽인단 말인가? 아니, 그 수가 얼마가 되었든, 무고한 자들까지 전부 죽인다는 게 말이 되는가?

"누구냐고 묻지 않습니까!"

좀체 흥분을 가라앉히지 못하는 나와 달리, 단장님은 지극히 차분한 얼굴로 내 얼굴을 지그시 응시할 뿐이었다.

그리곤 입술을 열어 아주 나지막한 음성을 흘렸다.

"그건 이미 너도 알고 있지 않느냐?"

그 말을 듣는 순간, 온몸을 후끈거리게 만들던 열기는 순식간에 한기로 돌변해 손발이 벌벌 떨리게 만들었다.

홍등가의 말살을 위해선 군의 도움이 필수적이다.

그 점을 생각하면 대장군을 떠올릴 수 있지만, 이번 일은 그의 독단으로 해결할 수 없다.

반드시 누군가의 동의가 전제되어야 하니까 말이다.

그리고 이를 허락할 수 있는 존재는…….

"설마…… 신유민 전하가 윤허하신 겁니까?"

"그렇다. 물론 먼저 이주원을 특정과 생포에 최선을 다할 것을 전제로 붙이셨네."

"아무리 그래도……."

다른 이들은 대수롭지 않게 여길지도 모른다.

홍등가에 사는 이들은 천민.

그들의 죽음에 의미를 둘 사람은 그리 많지 않을 것이다.

단순히 놀이터가 하나 없어지는 느낌이겠지.

그리고 대의 또한 차고 넘친다.

이주원을 생포는 전쟁이 벌어지기 전 꼭 해내야만 하는 일이었다.

그래야 은월단의 계획을 알아내며 전쟁이 벌어지기 전 대비책을 세울 수 있을 테니까.

혹여 생포가 불가능할 경우 제거하는 것도 당연한 일이었다.

그가 홍등가에 있는 한 수도에서 벌어지는 일을 전부 전달하며 왕국의 평화를 깨뜨리는 데 일조할 테니 말이다.

'홍등가에서 술에 취해 떠드는 고관대작이 한둘이 아니니까.'

하지만 그래도 이건 아니었다.

내가 아는 전하라면 이런 결정을 내릴 리가 없었다.

이런 극단적인 방법은 목표 달성을 위해 수단과 방법을 가리지 않는 백성엽이나 할 법한 미친 짓이니까.

'설마……'

신유민 전하도 현실에 타협한 것일까?

그저 쉬운 길을 가기 위해?

그렇게 생각할 때였다.

"너무 걱정할 거 없다."

단장님이 나를 바라보며 의미심장한 미소를 지었다.

"네가 아는 전하가 학살을 내버려 둘 만큼 냉혈한이었더냐?"

"……아닙니다."

"그런데도 왜 걱정부터 하는 거냐? 오히려 그분의 큰 뜻을 헤아려 보려 해야 정상인 것을."

"……."

뭐라 대꾸할 말이 떠오르지 않았다.

너무 많은 사람을 봐 온 탓에, 전하 또한 그들과 다를 바 없다고 판단해 버렸다.

여느 사람들과 마찬가지로 숭고했던 의지를 버리고 현실의 이익만을 바라보는 나약한 인물로 만들어 버렸다.

아직 그의 의중을 파악하지도 못한 상태에서 말이다.

흥분을 가라앉히고 차분히 생각해 보자.

신유민 전하도 다 계획이 있을 것이다. 아니, 어쩌면, 정말로 만에 하나라도 학살을 최후의 수단으로 생각하고 계실지도 모른다.

그렇다면 내가 할 일은…….

'그 전에 이주원을 찾으면 끝난다.'

최악이 벌어지기 전에 막아 낸다.

내가 해야 될 일은 그것뿐이다.

그것이 갖은 고생을 하며 회귀한 이유이지 않던가.

그렇게 마음을 정리한 나는 조금 전 추태를 겸허히 받아들였다.

"죄송합니다. 제가 잠시 흥분해 못 볼 꼴을 보였습니다."

"신경 쓸 거 없다. 사위가 장인어른 앞에서 그럴 수도 있지."

……이 또한 좋은 의도로 받아들이자.

"그러면 이제부터는 어떻게 하실 생각이십니까?"

"우리가 할 일은 정해져 있다. 일단 적임자를 선별해야겠지. 홍등가에 잠입해 이주원을 정체를 알아낼 수 있는 적임자를 말이야."

"그럴 만한 사람이 있습니까?"

"있고말고. 사실 이미 결정해 두었네."

이미 결정해 두었다고? 후암에 그런 실력자가 있었나?

"그리고 너도 아는 사람이지."

"……저도 아는 사람이라고요?"

누굴까? 내가 아는 사람 후암 중에 홍등가에 잠입시킬 만큼 능력을 갖춘 이가 있었나?

아무리 고민해 봐도 좀체 떠오르지 않아 고개를 갸웃할 그때.

"전가은."

단장님은 얼굴을 가리키며 말했다.

"가면을 쓴 그 대원 말이다."

알다마다.

한동안 내 옆에 붙어 도움을 주었던 사람이니 말이다.

하지만 아는 것과 납득하는 건 별개의 문제였다.

"……전가은 씨로 괜찮을까요?"

"왜? 실력이 모자를 거 같으냐?"

"그건 아닙니다."

전가은의 은신술은 뛰어난 편에 속한다.

하지만 홍등가 잠입에 선뜻 동의할 만큼 뛰어나냐고 묻는다면, 확답할 수 없다.

화경의 고수만 되더라도 그녀의 은신술을 꿰뚫어 보는 건 일도 아니었으니까.

물론 화경이 길거리 강아지처럼 흔한 존재는 아니지만, 홍등가에 그런 고수가 없을 거라는 보장도 없지 않은가.

게다가.

"전가은 씨의 화상은 치명적인 단점이 될 수도 있습니다."

홍등가는 유흥이 목적이며, 수많은 기생들이 존재한다.

혹여 위기의 상황이 닥쳤을 때, 여차하면 기생인 척하며 빠져나올 여지가 없지 않다는 것이다.

물론 성공 가능성은 적지만 그래도 빠져나올 구멍이라도 있는 게 어디냐?

하지만 전가은은 그 시도조차 할 수 없다.

얼굴에 화상이 있는 기생이 있을 리 없으니 말이다.

"전가은 씨의 실력은 인정하지만, 다른 여자 대원을 잠입시키는 게 좋을 것 같습니다."

그러나 단장님은 고개를 가로저으며 말을 이었다.

"실력으로만 뽑은 것은 아니다."

"그러면요?"

"그녀는 홍등가 출신이다."

"……."

난 할 말을 잃고 단장님을 바라봤다.

"그럼 더더욱 이번 임무에서 배제해야 하는 거 아닙니까?"

"그렇게 생각하나?"

나는 고개를 끄덕였다.

현재 홍등가는 과거의 무법천지와는 완전히 달라졌다.

인신매매를 자행하던 자들 대신 기생, 그리고 남창이 각 방을 대표하는 방주에 오르는 것을 시작으로 큰 변화가 시작되었다.

방주들은 후배 기생들의 편의를 봐주었고 무례한 손님들을 가차 없이 내쫓았다.

그렇게 어린 기생들은 화려하고 강한 선배들을 동경하기 시작했고 친가족처럼 따랐다.

그렇게 홍등가 출신은 혈연보다도 더 가까운 사이가 되어 서로를 챙겼다.

"전가은이 만약 홍등가 출신이라면 이주원의 편에 설 수도 있습니다. 아니, 이미 이주원의 편일 수도 있죠."

"그랬으면 네가 죽을 뻔했을 때 살렸을 리 없겠지."

단장님의 말에 나는 잠시 의심을 멈추었다.

그렇다. 정말로 그녀가 이주원의 편이었다면 나를 살릴 이유가 없었다.

그대로 죽게 놔두었다면 모든 것이 편해졌을 텐데.

그럼 홍등가 출신이긴 하지만 이주원의 편은 아니라는 것일까?

그렇게 생각할 때였다.

"여러 의미로 그녀가 적임자이니 걱정하지 말게."

"알겠습니다."

"그리고 사위에게도 부탁할 것이 있네."

"저에게요?"

"자네가 홍등가에 같이 가 주게나."

내가 홍등가에?

그러기에는 아주 근본적인 문제가 있다.

"……저는 잠입술에 능하지 못합니다."

"누가 잠입을 하라고 했나?"

그럼 뭐 뭘 하라는 건가? 그렇게 생각하자 단장님이 피식 웃었다.

"손님으로 가는 건 상상도 못 할 줄이야. 이거 아린이한테는 좋은 소식이구나."

손님.

그 말에 나는 고개를 끄덕였다.

왜 그 생각을 못 했을까?

굳이 숨어들지 않더라도 손님으로 가면 숙식이 전부 해결
되지 않겠는가?

하지만 손님으로 가더라도 문제가 있다.

"역으로 제가 감시당하지 않을까요?"

"대신 전가은 대원이 쉽게 움직일 수 있겠지."

설마 그것뿐일까? 내가 의심쩍게 바라보자 단장님이 나를
보며 의미심장하게 말했다.

"그리고 자네도 그녀를 볼 수 있을 테고."

단장님은 서류 한 장을 내밀었다.

"사위에게 부탁하는 내용이네."

나는 곧바로 단장님이 준 서류의 내용을 확인한 뒤 침을 삼
켰다.

그곳에는 내가 상상할 수 있는 모든 경우의 수가 적혀 있
었다.

"어떤가? 그녀가 적임자인 거 같지?"

"……그렇네요."

서류를 확인한 나는 존경의 눈빛을 담아 말했다.

"……진짜 후암의 단장이 맞으셨네요."

"그럼 지금까지 아닌 줄 알았나?"

"절반 정도는요?"

"농담을 하는 걸 보니, 걱정은 덜은 듯 보이는군. 다 외우면
문서는 파기하게."

"그럴 필요 없습니다. 이미 다 외웠으니까요."

나는 서류를 다시 단장님에게 넘긴 뒤 말했다.

"그럼 작전대로 움직여 보겠습니다. 그리고 이왕이면 좋은
기방으로 부탁하겠습니다."

"……장인어른한테 할 부탁은 아닌 거 같은데."

도대체 무슨 생각을 하는 겁니까. 단장님.

나는 한숨과 함께 말했다.

"그래야 조금이라도 핵심 인물을 만나지 않겠습니까?"

"농담이네. 같이 나가지."

나는 단장님의 뒤를 따랐다.

홍등가. 회귀 전에는 입구 부근에서 겨우 술이나 마시던 곳.

나는 이제 그곳의 중심부로 향한다.

유현성 단장님과 대화를 나눈 그날.

모두가 곤히 잠들었을 축시(새벽 1시)임에도 나는 어디론
가 향했다.

아직 만나야 할 사람이 남아 있었으니 말이다.

그렇게 고요함만이 내려앉은 수도를 느끼며 묵묵히 걸음
을 옮기기를 한참.

마침내 인적이 느껴지지 않는 작은 정자에 도착할 수 있

었다.

그러자 마치 기다리고 있었다는 듯 누군가 빠르게 다가와 한쪽 무릎을 꿇었다.

"바쁘실 텐데 작전에 참여해 주셔서 감사드립니다."

"왕국의 일 아닙니까. 재신으로서 당연한 도리를 행한 것뿐이니, 이렇게 예의를 차릴 필욘 없습니다."

"……."

정중히 뜻을 보였음에도 상대는 전과 다를 바 없이 내려다보게 만들고 있었다.

둘 사이엔 이전과 비교할 수 없는 간극이 생겨나 버렸으니 말이다.

그로 인해 부담감을 느끼는 건 당연하겠지만, 그건 상대의 사정일 뿐이다.

"계속 그렇게 계실 겁니까? 그럼 제가 부담스러워지는데."

목표 달성을 위해 동행하는 관계에선 반드시 지켜야 할 사항이 있었다.

의견 교류 시에는 지위 고하를 막론하고 동등한 위치로 바라봐야 한다는 것.

어느 한쪽이 고압적이거나 반대로 스스로를 너무 낮추면, 올바른 방향성을 유지하지 못하게 되니 말이다.

그에 따른 결과는 고민할 필요도 없다.

'계획의 실패.'

그리고 현 시점, 계획의 실패는 홍등가에 속한 모든 이들의 학살을 뜻했다.

물론 내가 아는 신유민 전하라면 다른 그림을 그리고 계시 겠지만, 정확한 속내까진 전해 듣지 못한 상황.

그러니 대외적으로 알려진 내용만을 기준으로 삼아야 한다.

결국 내게 주어진 선택지는 하나뿐이었다.

'최악의 상황이 벌어지지 않게 막아 내야 한다.'

그게 왕국의 재신이자, 최강의 무사라 일컫는 광명대장 이 서하의 역할이었다.

이를 위해 불안정한 요소는 최대한 배제시킨다.

"이전처럼 대해 주시겠습니까? 그래도 존경하는 사람의 부 탁인데, 안 들어주시진 않겠죠?"

슬쩍 미소를 보이며 말하자, 여태 낮은 자세를 취하던 그녀 가 몸을 바로 세웠다.

"첫 만남 때의 일을 기억하고 계시군요."

"제가 기억력 하나는 타고났거든요. 십 대의 나이로 나찰 을 벤 유일한 인물이라 존경하기 시작했다고 했었죠."

가면 아래로 드러난 입꼬리에서 미미하게나마 움직임이 엿보인다.

역시나 오랜만에 만난 지인과 어색함을 풀기에는 추억 공 유만큼 좋은 소재는 없었다.

덕분에 가면의 여성, 전가은은 이전보다는 유연해진 자세로 대화를 이어 갔다.

"작전에 대해서는 들으셨습니까?"

"네, 어느 정도는요."

홍등가에 잠입한다.

목표는 이주원이란 자의 신상 파악 및 생포.

여의치 않을 경우 제거도 불사한다.

이것이 이번 계획의 핵심.

"다만 세부적인 내용까진 알지 못합니다. 그저 가은 씨를 도와 달라고만 해서서."

물론 유현성 단장이 말한 건 그 외에도 또 있긴 했다.

그러나 그건 사위에게 하는 부탁이니 굳이 밝힐 이유는 없다.

"그럼 제 생각을 말씀드려도 괜찮겠습니까?"

"안 그래도 부탁드리려 하던 차였습니다. 일단 그 전에……."

나는 손을 들어 작은 정자를 가리켰다.

"저기 앉아서 차분히 들어 볼까요?"

이왕 대화를 나눌 거면 멀뚱히 서 있기보단 앉아서 하는 게 모양새가 좋지 않겠는가.

그리고 유연한 사고는 편안함 가운데 나온다.

정자에 앉아 계획을 듣다 보면 더 건설적인 계획을 세워 나갈 수 있지 않을까?

내 제안에 따라 걸음을 옮겨 정자 내부에 자리를 잡은 전가은은 앞서 못다 한 말을 이어 가기 시작했다.

"저는 내일부터 홍등가로 배를 갈아탈 겁니다."

배를 갈아탄다.

물론 문장 그대로의 의미로 받아들여선 안 된다.

정확히는 후암을 배신하고 홍등가로 가겠다는 말이었다.

이 또한 곧이곧대로 해석하지 말아야 한다.

전부터 배신을 예고하고 다니는 사람은 없으니 말이다.

즉, 배신자로 가장해 홍등가에 접촉한 뒤 정보를 캐내겠다는 뜻이다.

한마디로 이중 세작.

"……확실하고 빠른 방법이긴 하겠네요."

"그렇습니다. 평범하게 방식으론 이주원 방주의 정체를 알아낼 수 없습니다. 그게 가능했다면 이미 정보원들이 파악을 마쳤을 테니까요."

전가은의 의견은 타당했다.

이주원의 정체는 철저하게 베일에 감춰져 있었다.

현재까지 파악된 정보가 그의 이름과 방주라는 직책, 그리고 남성이라는 세 가지가 전부였으니 말이다.

이마저도 김윤수와 금수란 덕분에 알게 된 내용이었지, 17명의 정보부 인원을 투입해 얻어 낸 결과는 전무했다.

수많은 인재들이 개죽음을 당한 것과 다름없었다.

이전과 같은 방식을 고수해선 결과 또한 동일할 뿐.

지금은 변화가 필요한 시점이었다.

그리고 왕국 또한 이를 모를 리 없었다.

"얼마 전부터 고관대작들을 비롯해 나름 지위가 있는 이들의 홍등가 출입을 금지시켰습니다."

알아서 정보를 던져 주던 이들의 발길을 강제로 끊어 버렸다.

주요 정보원들이 사라지며 홍등가로선 정보 획득이 요원해질 것이다.

반면 왕국의 포위망은 시시각각으로 좁혀 들고 있으니 자연히 애가 탈 수밖에 없다.

전가은은 그 점을 역이용할 생각이었다.

"제가 신유민 전하와 백성엽 대장군 등 저들이 필요로 할 정보를 흘린다면 절대로 거부할 수 없을 겁니다."

필요한 때에 원하는 정보를 던져 준다.

물론 저들이 바보가 아닌 이상 의심하지 않을 리 없다.

그러나 전가은이 전해 주는 정보들이 모두 사실로 판명된다면, 처음의 의심은 이내 신뢰로 변모할 것이다.

한마디로 홍등가의 핵심 인력으로 자리 잡을 수 있다는 소리다.

"그럼 이주원 방주를 만날 수도 있겠죠."

단순히 잠입해 이주원을 찾아다니는 것보다는 승산이 있

는 작전이었다.

그러나 무조건 긍정적인 것만도 아니었다.

전가은이 감당해야 할 위험도가 너무 높았으니 말이다.

"그들이 받아 줄 거라고 어떻게 확신하죠?"

아무리 좋은 떡을 내민들, 받아먹지 않으면 무슨 의미가
있나.

그리고 받아먹은 이후의 상황도 낙관적으로만 바라볼 수
없었다.

"원하는 정보만 취하려 들 수 있습니다. 그리고 효용 가치
가 떨어진다 판단되면……."

죽여서 후환을 없앨 것이다.

나라도 당연히 그럴 것이다.

한번 배신한 자는 언제든 배신할 수 있으니까.

그러나 걱정을 담아 전가은을 바라봤을 때.

'……?'

나는 순간 의아함을 느낄 수밖에 없었다.

너무도 담담하고 차분한 자세를 유지하고 있는 모습이 이
질적으로 느껴졌기 때문이다.

가면에 가려 정확히 알 수 없으나, 오히려 웃고 있다는 착
각까지 들 정도였다.

내가 느낀 감정은 틀리지 않았다.

"그럴 일은 없을 겁니다."

전가은은 한 치의 걱정도 찾아볼 수 없는, 확신에 가득 찬 음성을 내뱉었다.

"홍등가는 가족을 버리지 않으니까요."

설령 외도를 했다 해도 한번 홍등가에 몸담았던 사람은 가족이라는 것인가.

홍등가도 나름의 낭만이 있는 장소인가 보다.

"어떻습니까? 해 볼 가치는 있지 않겠습니까?"

"그렇군요. 다른 방법이 있는 것도 아니고."

전가은이 내민 작전보다 승산이 있을 계획은 떠오르지 않았다.

현 시점에선 이게 최선이란 뜻.

계획이 그렇다 치면, 이제 남은 것은······.

"그럼 저는 무엇을 하면 됩니까?"

"미끼가 되어 주셨으면 합니다."

전가은은 말을 이어 갔다.

"변장을 하신 후 잠입해 주시면 감사하겠습니다."

"단순히 그거면 됩니까?"

"네, 그리고 그걸 제가 밀고하겠습니다."

"······."

"이서하 선인님은 현재 이 나라의 기둥 중 하나입니다. 오래전 홍등가를 떠났던 제가 다시 신뢰를 얻기 위해서는 선인님 같은 거물의 정보를 밀고해야 되지 않겠습니까?"

이 또한 부정할 수 없다.

특히나 나는 은월단에게 눈엣가시 같은 존재일 테니 그녀의 가치를 높이기엔 더할 나위 없을 것이다.

"알겠습니다. 그렇게 하죠."

"그러면 이거 하나는 명심하시길 바랍니다. 작전이 시작되고 항시 조심하셔야 합니다. 홍등가의 사람들이 선인님을 제거하려 들지도 모르니까요."

"그건 걱정하지 않으셔도 됩니다."

전가은의 말대로 은월단이 나를 암살하려 들 수도 있다.

그러기 위해선 화경 이상의 고수를 섭외해야 할 텐데, 과연 저들이 그럴 수 있을까?

화경 이상의 고수가 맞붙으면 주변은 순식간에 전쟁터 한복판처럼 폐허로 변해 버릴 것이다.

과연 서로를 가족이라 여기는 자들이 스스로의 보금자리를 그렇게 만들려 할까?

'뭐 가끔 정신 나간 사람이 있기 마련이니까.'

그럴 가능성도 있으니 방심은 금물이다.

하지만, 그렇다고 크게 걱정이 되지는 않는다.

더 이상 과거의 내가 아니고, 이젠 누군가에게 암살당할 정도로 실력이 미천하지 않았으니 말이다.

"제 몸 하나는 지킬 수 있습니다."

"전에는 그러지 못하셔서 드리는 말씀입니다."

"······."

뼈아픈 패배를 꺼내다니. 이건 반칙인데.

내 반응에 전가은이 희미한 미소를 지으며 말했다.

"어쨌든 그렇게 선인님을 밀고한 후 이주원의 정체를 알아
보겠습니다. 그 시간까지만 최대한 시선을 끌어 주시길 바랍
니다."

"네, 최선을 다하죠."

그것이 현재 홍등가 잠입 작전이었다.

◆ ◈ ◆

"그런 이유로 홍등가에 잠입하게 됐다."

다음 날 오후.

나는 대원들을 불러 놓고 앞으로 있을 일에 대해 간략하게
설명해 주었다.

"그러니 당분간 광명대는 아린이가 이끌어 주고, 지율이랑
김채아 선인이 곁에서 보조해 줬으면 해."

"우와."

내 말이 끝나기 무섭게 이준이가 허탈한 표정을 지었다.

"지금 혼자서 홍등가로 들어가신다는 말입니까?"

안다. 광명대가 신경 쓰이겠지.

안 그래도 상혁이와 민주가 이탈한 상황인데 나까지 자리

를 비우면 빈자리가 더 크게 느껴질 테니 말이다.

하지만 난 크게 걱정하지 않는다.

아린이와 대원들을 믿으니까.

"뭐가 걱정되는지는 알겠는데, 부대장인 아린이도 있고, 지율이랑 김채아 선인도 있으니 잘 해낼 거다. 그리고……."

그때 정이준이 분한 얼굴로 말했다.

"크윽, 너무 부러워. 부러워 미칠 거 같아."

"……"

그게 허탈한 거였냐?

난 어이가 없음을 가득 담아 하던 말을 마저 끝냈다.

"너는 나랑 같이 갈 거다."

그런데 의도와 달리 녀석의 눈이 초롱초롱하게 빛나기 시작했다.

"저요? 진짜로 저도 같이 홍등가로 가는 겁니까아?!"

그리고는 흥분해서 펄쩍펄쩍 뛴다. 도대체 뭘 상상하는 거야 저놈은?

"나랏돈으로 술 마시면서 여자랑 놀 수 있는 겁니까아!"

"아니, 넌 그냥 날 따라다니면서 변장만 좀 시켜 주면 돼."

"……변장이요?"

"그래, 변장."

"그, 그래도 쉬는 시간에는 놀 수 있겠죠?"

"노는 건 자유지만 네 돈으로 놀아야 한다. 네 월급으로는 턱도 없겠지만."

"그럼 그렇지. 저 쪼잔한 놈이 그럴 리가……."

"방금 뭐라고 했냐?"

"쪼, 쪼잔한 사업가로 변장하는 건 어떻습니까? 대장님과 완전 반대되는 그런 사람으로 말이죠. 하하하."

저렇게까지 필사적으로 변명하니 일단 넘어가 주도록 하자.

그렇게 이준이의 설득을 끝으로 회의를 마치려는 찰나.

강렬한 시선이 온몸에 소름을 돋게 만들었다.

그 시선의 주인은 역시나 아린이였다.

왜 자신은 안 데려가냐는 눈빛.

"어쨌든 그런 거로……."

나는 애써 외면하며 어물쩍 넘어가려 했으나, 아린이는 가만히 있지 않았다.

"나는?"

꼭 대답을 들어야겠다는 단호하게 나오기까지 했다.

이 지경까지 왔으면 모른 체할 수도 없다.

나는 아린이를 돌아보며 말했다.

"아린아, 홍등가야. 남자가 홍등가를 여자랑 같이 가는 건 좀 그렇잖아?"

"뭐가 그런데?"

"에이, 부대장님은 안 되죠! 제가 마음대로 놀기 창피합……"

신이 나서 떠들던 정이준이 바로 말을 멈췄다.

아린이가 한마디라도 더 하면 죽일 듯 노려보고 있었던 것이다.

그러게, 사람 봐 가며 놀려야지.

"……않을 거 같네요. 전혀 창피하지 않죠. 오히려 같이 가면 너무 재밌겠는걸요?"

"우리 놀러가는 거 아니라니까."

나는 한숨과 함께 아린이에게 말했다.

"이번에는 진짜로 안 돼. 아린아."

이번 작전에서 나는 누구보다 진지하게 잠입하는 것처럼 보여야 한다.

그렇지 않으면 제대로 된 미끼가 될 수 없으니까.

그런데 아린이를 데리고 간다?

상대를 어리둥절하게 만들어 오히려 역효과를 불러올 것이다.

시선을 붙잡는 데 실패할 테고, 그 피해는 전가은에게로 향하게 될 테니 말이다.

그렇기에 아린이만큼은 데리고 갈 수 없었다.

그런 내 마음을 알아챘는지 김채아 선인이 한숨을 내쉬며 일어나 아린이의 어깨에 손을 올렸다.

"그만하시죠. 대장님이 난처해하시지 않습니까."

아린이는 김채아 선인을 노려보았다.

하지만 김채아 선인은 마치 어린 동생을 다루듯 조금도 당황한 기색 없이 말을 이어 갔다.

"부대장님까지 자리를 비우면 누가 광명대를 이끌겠습니까? 안 그렇습니까, 대장님?"

"그렇지."

나는 바로 김채아의 말에 올라탔다.

그리고 김채아는 기세를 놓치지 않았다.

"광명대는 대장님이 애지중지 키워 온 부대입니다. 그런 이들을 부대장님께 맡긴 겁니다. 그만큼 대장님이 부대장님을 신뢰하고 있다는 듯 아니겠습니까?"

아린이는 입을 꾹 다물었다.

어떻게 설득은 된 것만 같아 안심하려는 찰나.

정이준이 입을 열었다.

"바로 그것입니다. 전 필요해서 어쩔 수 없이 가는 것이니, 부디 부대장님도 이해를……."

그와 동시에 정이준의 얼굴이 탁자에 처박혔다.

"꾸웩!"

"제발 눈치 좀 챙겨라."

긴가민가했는데 일부러 처맞고 싶어서 저러는 게 분명하다.

정이준을 제압한 김채아 선인이 나를 바라보며 말했다.

"여긴 걱정하지 말고 다녀오십시오, 대장님. 제가 잘 보필

하고 있을 테니."

"네, 감사합니다."

나는 김채아 선인에게 진심을 가득 담아 감사를 표했다.

그녀를 광명대에 받아들인 건 정말이지 신의 한 수였다.

경험 많은 선인답게 사람을 잘 다루니 믿고 맡길 수 있었다.

그렇게 회의를 마치며 아린이를 바라봤다.

"주기적으로 연락할게."

"······응."

고개를 끄덕이지만 뽀로통한 기색은 변함없었다.

예전이라면 '우리 서하 하고 싶은 대로 해'라며 응원해 줬을 텐데 말이다.

'자주 죽을 뻔해서 그런가?'

하긴, 항상 어딜 가면 죽을 고비를 겪은 게 벌써 몇 번이냐.

그때마다 아린이 덕분에 살아남았으니 불안할 수밖에 없겠지.

하지만 안 되는 건 안 되는 것이다.

"그럼 오늘 저녁, 홍등가로 들어간다. 정이준 너는 나 따라오고."

"꽃밭을 간다는 데 안 따라갈 수가 없죠!"

꽃밭이려나?

지옥에 가깝지 않을까?

하지만 지금은 이준이가 환상 속에서 살 수 있도록 내버려
두자.

◆ ◈ ◆

"자, 끝났습니다!"

정이준이 내 얼굴을 만지작거리기를 한참.

나는 눈을 뜨며 거울을 바라봤다.

"에헴! 어떻습니까?"

"오! 완벽해도 너무 완벽한데?"

이래서 내가 정이준을 부대에 들인 거 아니겠나.

그런데 직접 경험해 보니 더 놀라웠다.

'이거 은신술 없이도 충분히 잠입 가능한 거 아니야?'

거울 속에는 한 중년인이 앉아 있었다.

색이 바랜 회색 수염이 덕지덕지 붙어 있었고, 눈과 미간에
는 주름이 가득하다.

그 누가 20살 언저리의 청년이라 생각할까?

놀라운 점은 인피면구 없이 오로지 화장과 수염을 붙이는
것만으로 만들어 낸 걸작이라는 점이었다.

"사기를 치려면 제대로 쳐야죠. 인피면구는 자세히 들여
다보면 경계선이 보여 고수들에게는 통하지 않습니다. 게다
가 얼굴만 가리는 것이라 다른 부위까지 감출 수 없다는 치

명적인 약점이 있죠. 하지만 제 변장술은 다릅니다! 자, 보세요."

정이준은 내 배를 가리켰다.

"세월이 느껴지는 똥배! 거기다 자칫 까먹고 넘어갈 수 있는 손과 목의 주름까지 챙기는 섬세함! 모든 게 완벽하지 않습니까?"

"오래 걸리는 거만 빼면 완벽하지."

변장 한번 끝내니 벌써 해가 넘어가고 있었다.

정이준 역시 그러한 약점을 알고 있기에, 주의할 점을 누차 강조했다.

"다시 말씀드리지만, 물을 조심하세요. 제가 없을 때 화장이 지워지면 답도 없으니까. 씻는 건 새벽에 몰래 씻고 다시 변장해야 합니다. 아시겠습니까?"

"조심할게. 걱정하지 말라고."

그렇게 생각할 때 은근슬쩍 정이준이 물어 왔다.

"그런데 작전이 뭡니까?"

"작전?"

"홍등가같이 엄청난 곳에 잠입하면서 작전도 없이 가지는 않을 거 아닙니까?"

은근 허당처럼 보이면서도 중요한 건 놓치지 않는 정이준이었다.

이러니 계륵같이 느껴져도 참고 넘어가는 거지.

나는 내가 미끼라는 것, 그리고 어차피 정체가 들통날 것이라는 것까지 말해 주었다.

그러자 정이준이 크게 당황하며 허탈해했다.

"그럼 제 역작은 어떻게 되는 겁니까?"

"그냥 좋은 변장이었다 정도?"

"이럴 수가! 내 희대의 역작이!"

나는 낙담하는 정이준을 토닥여 주었다.

"그래도 이 정도는 해야 내가 진심으로 잠입했다고 보이지 않겠어?"

"하긴 그것도 그렇네요."

"근데 너는 안 무섭냐?"

"뭐가요?"

"내 정체가 까발려진 채로 들어간다니까? 너도 싸움에 휘말릴 수 있어."

"에이, 꽃밭에 가는 자가 가시를 두려워해서야 쓰겠습니까?"

"……그래."

미친놈이 분명하다.

"너도 빨리 변장하고 합류해라. 합류 장소는 알고 있지?"

"물론이죠. 금방 하고 가겠습니다!"

함께 들어갔다가는 빼도 박도 못하고 정이준의 정체마저 들통날 테니 일단 나눠져서 들어가는 것이었다.

"그럼 가 볼까?"

홍등가.

그렇게 나는 왕국 유흥의 중심으로 들어갔다.

◆ ◇ ◆

"나도 여자 친구가 생겼으면 좋겠다~ 나도 여자 친구가 언젠가 생기겠지~."

정이준은 노래를 흥얼거리다 변장이 끝난 얼굴을 보고 미소 지었다.

서하를 중년인으로 만들었던 것과 달리, 정이준은 스스로를 최대한 꽃미남으로 꾸며 놓았다.

비록 한상혁에 비하면 부족했지만, 나름 괜찮아 보였다.

"이 정도면 잘생겼지."

많은 남자들이 하는 착각이었다.

"오늘 나는 여자 친구를 만든다."

정이준은 거울의 자신을 향해 다짐하듯 말한 뒤 밖으로 향했다.

슬슬 출발해야 약속 시간에 알맞게 도착할 테니 마리다.

그렇게 문 밖으로 걸음을 내디딜 그때.

"야."

차가운 목소리에 오금이 저려 왔다.

정이준이 고개를 돌리는 그 순간.

심장이 멎을 듯 아름다운 얼굴이 코앞으로 다가왔다.

유아린.

부대장님이었다.

"딸꾹!"

정이준은 침을 삼키고는 말했다.

"저, 저, 저, 저 마음의 준비가……."

"헛소리하지 말고, 다시 들어가."

"네?"

"나도 변장할 거라고. 최대한 못생기게 만들어. 남자로 보이게끔."

"……같이 가시게요?"

"그럼 너도 가는데 내가 가만히 있을 줄 알았어?"

"대장님이 알면 제가 혼나지 않을까요?"

"지금 나한테 죽는 건 괜찮고?"

"아이고, 오래 기다리셨습니다, 손님. 이쪽으로 앉으시죠."

정이준은 재빨리 변장 도구를 챙긴 뒤 말했다.

"제 실력을 보면 아주 까아아아암짝! 놀랄 것입니다."

"개소리 집어치우고 손이나 움직여."

"……."

이후로 정이준은 어떠한 말도 내뱉지 못한 채 변장에 집중했다.

그러면서도 한 가지의 궁금증은 계속해서 머릿속에 맴돌

왔다.

　대장님은 알까?

　자기 애인이 얼굴만 예쁜 깡패라는 걸.

Chapter 119.

홍등가 중심에서 조금 떨어진 기생방.

화원(花園)에 앉은 이주원이 5층짜리 흉물을 바라보며 상념에 잠겼다.

낙화루(落花樓).

그가 처음으로 팔려 왔던 곳이었다.

기생보다는 남창이 많았으며 온갖 변태 행위가 자행되던 홍등가 최악의 기생방.

그로 인해 찾는 이들의 발길은 끊기는 일이 없었다.

누군가에겐 쾌락으로 가득 찬, 반면 다른 누군가에겐 비참으로 얼룩진 나날이 연속되었다.

그러나 번영의 시기도 잠시뿐.

이주원이 기존의 권력자들을 몰아내고 방주에 오른 뒤로는 많은 것이 바뀌었다.

그리고 그가 가장 먼저 한 일은 낙화루의 모든 것을 팔아치우는 것.

화려한 보석 장식, 예술가들이 가져다 바치던 그림, 도자기 등등.

내부를 휘황찬란하게 치장하던 물건들은 빠르게 사라져 갔다.

낙화루란 이름 그대로 화편이 떨어져 나가 술만 초라하게 남아 있는 상태.

더 이상 이전의 영광은 어느 곳에서도 찾아볼 수 없었다.

그저 금이 간 고급 기와로 잠시나마 화려했던 과거를 짐작할 수 있을 뿐이었다.

'이곳에 오면 좋지 않은 기억이 떠오르네.'

보다 나은 홍등가를 위해 제 손으로 낙화루를 무너뜨렸다.

그럼에도 이곳을 방문할 때면 부정적인 기분을 떨쳐 낼 수 없었고, 자연히 찾는 횟수 또한 잦아질 수밖에 없었다.

그렇게 이주원이 씁쓸하게 생각에 잠겨 낙화루를 바라보고 있을 때.

"한 잔 더 드시겠습니까?"

나긋한 음성이 들려오며 그를 상념에서 벗어나게 만들어

주었다.

목소리의 주인은 이주원 대신 새로운 낙화루의 방주에 오른 여인.

그리고 이주원의 의지에 따라 참혹 그 자체였던 낙화루를 기생들을 훈련시키는 장소로 탈바꿈시킨 인물.

기생 미월이었다.

또한 낙화루의 기생 중 이주원을 직접 만날 수 유일한 인물이기도 했다.

이유는 단순했다.

"그래, 고마워."

우아하게 손을 휘저어 찻잔의 위치를 파악한 뒤 천천히 차를 채우곤 이주원의 앞으로 슬며시 내미는 미월의 모습.

양쪽 눈 난 상처로 알 수 있듯이 그녀는 앞을 볼 수 없기 때문이다.

결국 낙화루에서 이주원의 실제 모습을 본 이는 단 한 사람도 존재하지 않는다는 말이나 다름없었다.

이주원은 찻잔을 들어 천천히 들이켜곤 이내 고개를 끄덕였다.

"차 맛이 훌륭하네. 이제 다른 곳의 차는 못 마시겠는걸?"

"과찬이십니다."

"아니, 진심이야. 이제 미월이가 없으면 아쉽겠어."

미월은 미소를 지으며 겸손하게 말했다.

"평생을 옆에 있을 것이니 그런 걱정은 하지 않으셔도 됩니다."

"그래, 그러면 좋겠네."

평소와 크게 다르지 않은 말투였지만, 시각을 잃은 미월이었기에 눈치챌 수 있었다.

이주원의 목소리에 또 다른 감정이 묻어 나오고 있음을 말이다.

미월이 조심스레 걱정을 담아 물었다.

"무슨 일이라도 있으십니까? 낙화루를 다시 찾으시고."

"아니, 별일 없다. 그저 내 초심을 되찾고 싶어서 말이야."

이주원은 낙화루를 올려 보더니 아련하게 말했다.

"이곳에서 중요한 약속을 잡았지."

"중요한 약속 말입니까?"

"그래."

그때였다.

"좋은 기방 다 놔두고 이건 또 뭐야?"

한 여자가 출입이 금지된 낙화루의 화원 안으로 걸어 들어왔다.

붉은 꽃이 수놓인 화려한 치마와 저고리. 고급스런 곰방대를 한 손에 든 여인은 불쾌한 표정으로 주변을 돌아봤다.

"성대한 접대는 기대도 안 했지만, 이건 좀 심한 거 아닌가? 방주."

암부의 단주. 예담이었다.

그런 그녀의 뒤로 한 남자가 따라 들어왔다.

암부의 3대 고수 중 한 사람인 지영학.

그 역시 낙화루의 모습에 실망한 듯 투덜거렸다.

"홍등가에 간다고 해서 따라왔더니만 이거 놀지도 못하겠네."

"놀고 싶으면 가서 놀아도 괜찮아."

예담이 뒤도 돌아보지 않고 대꾸했고, 지영학은 그 기회를 놓치지 않았다.

"진짜입니까? 나중에 말 바꾸기 없습니다?"

"걱정 말고 가."

예담은 이주원의 앞에 앉으며 말을 이었다.

"홍등가의 왕과 함께 있는데 설마 무슨 일이 생길까."

"그럼 전 즐기러 이만."

지영학이 일말의 고민도 없이 사라져 버리자 이주원은 피식 웃었다.

"다루기 힘든 분을 데리고 오셨네요."

"암부에 다루기 쉬운 놈이 있을까. 옆에 너. 나도 차 한 잔만 줄래?"

미월은 최대한 예를 차려 예담에게 차를 따라 주었다.

예담은 그것을 한 번에 들이켜고는 말했다.

"괜찮네. 그럼 너는 이제 들어가 봐."

미월이 머뭇거리자 이주원이 허락했다.

"여긴 괜찮으니 그만 들어가 봐도 돼."

"네, 방주님."

그렇게 미월이 사라지며 화원에 남은 사람은 단둘뿐.

그제야 예담은 본론을 꺼내 들었다.

"그래서, 나를 부른 용건은?"

"백성엽 대장군이 홍등가 말살을 계획하고 있다는 건 이미 알고 계실 거라 생각합니다."

"소식은 들었어."

예담은 남의 집 불구경하듯 말했다.

"큰일이지. 이거 어떡하나. 발등에 불이 떨어져서?"

"정말이지 그렇습니다. 그래서 단주님에게 의뢰를 하나 하려고 합니다."

"들어는 보지."

"암부의 최고 전력을 전부 고용하겠습니다."

"우리보고 왕국과 싸우라는 건가?"

예담은 곰방대를 입에 물고는 이주원의 얼굴에 연기를 뿜었다.

"싫은데? 너무 위험 부담이 커."

"어차피 암부도 위험한 상태 아닙니까?"

"우리가 왜?"

"암부가 성도를 먹은 걸 모르는 사람이 있나요?"

김희준이 죽은 후 예담은 성도 김씨 출신의 꼭두각시를 내

세워 도시를 장악했다.

아는 사람은 다 아는 이야기였다.

"그리고 당신들은 이서하와 적대하고 있죠."

이주원의 말에 예담은 표정을 굳혔다.

"우리가 이서하에게 패배한다면 그다음은 어딜 노릴 것 같습니까?"

"그럼 튀지 뭐."

"기껏 성도를 장악하며 양지로 올라와 놓고 뒤로 빠지시겠다고요?"

"현명한 항해사는 파도가 거칠 때 바다로 나가지 않는 법. 난 나를 따르는 아이들의 목숨으로 도박을 하지 않아."

"하지만 평생 숨어 살고 싶지도 않겠죠."

예담은 기생으로 시작해 범죄자와 고수들이 우글거리는 암부의 단주까지 올라간 사람이었다.

그녀와 같은 부류들은 모두 하나의 공통점이 있었다.

바로 품은 야망이 크다는 것.

그녀의 목표가 단순히 성도를 차지하는 것에 그칠 리 없다.

이준원은 그것을 믿어 의심치 않았다.

"이제는 음지가 아닌 양지에서 살고 싶지 않습니까?"

"그거야 당연하지."

예담은 순순히 고개를 끄덕였다.

"그래서 지금이 양지로 올라올 기회다?"

"그렇습니다."

"그렇다고 왕국과 전면전을 벌이라는 건 수지 타산이 전혀 안 맞는 거 같은데. 뭔가 더 있겠지?"

"암부만 싸우는 것은 아닙니다. 은월단에서도 바로 지원을 올 테니까요. 충분히 승산은 있습니다."

"그래도 확실한 보상은 있어야지."

"물론 그 또한 생각해 두었습니다."

그리고는 작게 숨을 마신 뒤 말을 이었다.

"홍등가는 어떻습니까?"

"⋯⋯."

예담은 고개를 갸웃했다.

지금 이주원은 암부의 전력을 빌리는 대신 홍등가 전체를 주겠다고 한 것이었다.

도저히 믿을 수 없는 제안.

예담은 허탈하게 웃었다.

"진심이야?"

"네, 진심입니다."

"진짜라기에는 너무 좋은 제안인데? 보통 이런 제안은 사기더라고."

"⋯⋯."

이주원은 어깨를 으쓱했다.

"믿고 안 믿고는 단주님 결정입니다."

"우리 방주님이 오랜만에 머리 쓰게 만드네."

예담은 이주원을 노려보았다.

표정 변화 없이 자신을 응시하는 이주원.

'쉬운 상대는 아니었다.'

언제나 그랬다.

때로는 능청스럽게, 또 잔혹하게, 그리고 필요할 때는 상냥하게.

이주원은 천의 얼굴을 가지고 있었다.

그러니 결의에 찬 저 얼굴도 가면이라고 봐야 한다.

하지만……

'단박에 거절하기에는 너무 좋은 제안이지.'

홍등가까지 걸어 가며 도대체 무슨 생각을 하는 것일까?

예담은 빙긋 웃으며 말했다.

"지금 당장 대답할 필욘 없겠지? 어차피 전쟁 시작 전에만 답을 주면 되는 거잖아."

"그렇긴 하지만 빠를수록 좋습니다. 그래야 저도 준비라는 걸 할 수 있지 않을까요?"

"난 제안을 들은 그 자리에서 결정을 내리지 않아. 특히나 이렇게 큰일이라면 더더욱."

예담은 결정을 보류하겠다는 뜻을 다시 한번 강조했다.

"그리고 성격 급한 남자는 매력 없어."

"아, 그런 취향이셨습니까?"

이주원은 슬며시 미소를 지으며 농담을 던졌다.

이제 협상은 끝난 것이나 마찬가지였다.

여기서 무언가를 더 시도해 본들 오히려 부정적인 영향을 끼칠 뿐이었다.

"제가 또 한 여유 하지 않겠습니까? 그럼 기다린 만큼 좋은 대답을 기대하죠."

"그래, 기대하고 있어."

예담이 볼일은 끝났다는 듯 자리에서 일어서자 이주원 또한 뒤따라 일어났다.

호위로 동행한 지영학은 홍등가를 즐기러 떠났다.

혼자 돌아갈 예담을 위해 호위를 붙여 주며 점수를 딸 좋은 기회였다.

"혹시 호위가 필요하시면……."

그러나 이주원이 제안을 던지기도 전.

"아니, 필요 없어."

예담은 허공을 응시하며 단호히 거절했다.

"하나 더 있거든."

"……알겠습니다."

"그럼 가 볼게."

예담이 낙화루를 빠져나가고 이주원은 자리에 앉아 피식 웃었다.

"여우 같은 년."

간을 보는 것이겠지.

하지만 상관없다.

이미 신유민은 패배한 것이나 마찬가지니까.

그리고 그때.

익숙한 얼굴의 남자가 이주원을 향해 걸어왔다.

이주원은 몸을 일으키며 말했다.

"오셨습니까? 앉으시죠."

백야차.

그가 이주원이 초대한 두 번째 손님이었다.

불야성(不夜城).

밤에도 대낮처럼 환한 홍등가의 또 다른 이름이었다. 그 명성에 걸맞게 수많은 연등이 주렁주렁 달려 있었으며 기방들 역시 환한 빛으로 가득했다.

'무슨 놈의 사람이 이렇게 많냐?'

길거리는 술에 취해 고성방가하는 취객들로 가득했으며 골목길에서는 차마 쳐다보기 힘든 행위들이 자행되고 있었다.

평민들이 이용하는 홍등가의 입구.

야화로(野花路)는 언제나 이런 분위기였다.

여기서는 볼일이 없으니 빨리 지나가 보도록 하자.

그렇게 생각하며 지나갈 때였다.

"오빠! 여기야! 여기!"

한 기생이 나에게 팔짱을 꼈다. 인위적인 꽃향기에 순간 멀미가 날 정도다.

"우와, 그 목걸이 진짜 금이야? 돈 많아 보이네?"

나는 작게 심호흡을 했다.

회귀 전에도 홍등가에 왔을 때 이런 상황을 겪은 적이 있다.

그때는 바로 목석이 되어 여자한테 끌려갔었지.

하지만 지금은 다르다.

나이가 들면 색은 아무것도 아니게 되니까.

그러니 일단 바지부터 살짝 고쳐 입고…….

"그러면 너는 얼마짜리냐?"

완벽한 연기를 시작해 보자.

"나? 나는…….."

기생은 내 위아래를 훑어보고는 손가락을 다섯 개 펼쳐 보였다.

"10냥인데."

이 여자가 최소 10배는 더 불렀다.

평민들이 이용하는 야화로는 한 냥 정도면 하룻밤을 거하게 지낼 수 있다.

그런 곳에서 10냥이라니.

나를 호구로 본 것이겠지.

하지만 여기서 한술 더 뜨자.

"너무 싸구나. 넌 꺼지고 더 비싼 년으로 데리고 와라."

말투가 너무 천박해 연기가 어색하다.

하지만 기생은 전혀 불쾌한 기색 없이 말했다.

"어머? 오빠 돈 좀 있나 보네? 얼마나 낼 수 있는데?"

"네깟 년쯤은 1,000명도 살 수 있지."

"우와!"

기생은 눈을 반짝이며 나의 팔을 끌었다.

"그럼 좋은 데로 데려다 드리겠습니다. 어르신."

말투부터 바뀌는 기생이었다.

난 묵묵히 기생의 손을 잡고 이동했다.

야화로를 지나가자 7척 정도 높이의 담장과 함께 관문이 하나 나왔다.

바로 홍등가 내부로 향하는 입구다.

"어르신에게 어울리는 언니들을 만나려면 이 안으로 들어가야 해요. 통행료는 50냥."

기생은 입구에 붙은 액수를 가리켰다.

50냥.

대장장이의 평균 연봉은 100냥이며, 중급 무사는 2~300냥 정도다.

일반 평민은 입장만을 위해 몇 년을 날려 버려야 하는 셈이나 마찬가지.

이조차 못 내는 놈들은 들어오지도 말라는 뜻을 내비치며 철저하게 구분하겠다는 의미였다.

그러면서 스스로를 특별하고 우월적 존재라 여기는 상위 계층의 심리를 제대로 이용해 먹는 방식이었다.

씁쓸한 감정을 뒤로한 채 난 100냥짜리 은괴를 던져 주었다.

"나머지는 네들이 알아서 써라."

"네! 어르신."

무사들은 깍듯하게 인사를 하고는 문을 열었다.

그러자 기생이 나의 팔에 매달리며 밝게 웃었다.

"환영합니다. 여기가 바로 잠화로(簪花路)예요."

잠화로(簪花路).

떠들썩한 야화로와 달리 깔끔하고 조용한 거리. 한눈에 보아도 걸어 다니는 기생들의 수준 또한 격이 달랐다.

여기서부터가 진짜 홍등가다.

"그럼 여기서 가장 비싼 기방으로 안내해라."

"아무렴요!"

이윽고 기생은 나를 끌고 잠화로 중심에 있는 한 기방으로 안내했다.

자화루(紫花樓).

홍등가 내부에서도 나름 이름 있는 기생방이다.

계획을 시작하기에 부족함이 없는 장소.

'일단 여기서부터 돈을 쓰며 점점 올라가 볼까?'

별다른 저항 없이 안으로 들어가자 한 나이 든 기생이 우리를 맞이했다.

"야화로의 기생 지희라고 합니다. 손님을 데리고 왔습니다. 헤헤."

"그래, 수고했다. 넌 이제 돌아가 보거라."

"네. 그럼 재밌게 놀아요, 어르신."

자신을 지희라 소개한 기생은 한쪽 눈을 깜빡이며 속삭이곤 밖으로 나갔다.

그 사이에도 나이 든 기생은 나를 슬며시 훑어보고 있었다.

아마 외견을 통해 내 수준을 살피려는 의도겠지.

참고로 말하자면, 내가 차고 있는 목걸이나 반지는 다 진짜 금이다.

모두 합치면 기와집 하나는 족히 사고도 남을 양이었다.

전당포 뺨치는 식견을 가진 기생이 이를 알아보지 못할 리가 없겠지.

이윽고 기생은 입을 열었다.

"자화루는 처음이십니까?"

말투부터 작은 행동 하나까지 지극히 예를 차리지만, 의심의 눈초리를 거두진 않는다.

이 정도의 부를 지녔음에도 지금까지 단 한 번도 만난 적이 없었으니 그녀로선 당연한 의심이었다.

이 또한 충분히 예상한 상황이었다.

"내가 지방에서만 살아서 말이야. 수도의 홍등가가 그렇게 대단하다고들 하길래 한번 시간 내 와 봤지."

"그렇습니까?"

여전히 미심쩍어 하지만 그녀로선 어쩔 도리가 없을 것이다.

왕국이 출입 금지령을 내린 탓에 홍등가 내부의 피해는 심각할 것이다.

나 같은 손님은 한 사람이라도 소중하다는 뜻.

결국 받아 줄 수밖에 없다는 말이었다.

"알겠습니다. 그럼 안으로 드시지요."

역시나 예상대로.

그렇게 계획이 순조롭게 이어지고 있다고 생각할 때였다.

"생각을 해 봐. 우리가 술을 왜 마셔? 취하려고 마시지? 근데 안 취하는 걸 어쩌라고? 너희가 물 탄 거 아니야? 어? 아니면 어떻게 30병을 마셨는데도 안 취해?"

"그건 무사님의 경지가 높아서 그런 것이 아닐까요?"

"그럼 그게 내 탓이다?"

난동을 부리는 한 남자.

화려한 보라색 치마를 입은 기생이 그 앞을 막아서고 있다.

대화 내용으로 보아 술값을 내지 않은 모양새였다.

"저희는 아무런 속임수도 쓰지 않았으니, 술값을 받아야겠습니다."

"누가 안 낸다고 했어? 나중에 다른 사람이 대신 내 줄 거라니까 그러네!"

"그것만으로는 안 된다 몇 번을 말씀드립니까? 저희는 어음 이외에는 받지 않습니다."

"내가 그 어음이라고! 내가 누군지 몰라서 그래?"

"당신이 누구든 술값을 안 내고 돌아갈 수는 없습니다."

"하, 진짜……."

세상의 균형을 맞추기 위한 법칙이라도 존재하는 것일까?

저런 진상은 어딜 가나 항상 있다.

마치 빛이 있으면 어둠이 있는 것처럼.

그런 불편한 현실에 인상을 찌푸리며 머저리를 바라봤다.

그리고…….

'……!'

순간 내 의지와 상관없이 온몸이 굳을 수밖에 없었다.

직후 그 원인이 남자의 입에서 흘러나왔다.

"……나 지영학이야! 지영학!"

지영학.

운성에서 싸웠던 암부의 삼대 고수 중 하나.

'뭐야…….'

네가 왜 여기서 나와?

그리고 그 순간.

"하아, 미치겠네…… 어?"

지영학이 나와 눈을 마주쳤다.

망할.

일단 무시하자.

"저기 빨리 안으로⋯⋯."

"거기 똥배 나온 대인!"

똥배 나온 대인?

지금 나 부른 건가? 아, 나 지금은 똥배 나와 있지.

그렇게 생각하는 사이 곁으로 다가온 지영학이 내 어깨를 잡았다.

기 숨겨! 들키면 끝장이야!

황급히 당황한 기색을 감추며 돌아보자 지영학이 해맑게 미소를 지어 보이고 있었다.

"혼자 온 거 같은데, 호위 필요하지 않나?"

"⋯⋯네?"

"단돈 500냥에 암부 최고의 고수를 고용할 기회를 주겠네."

미친놈.

술을 얼마나 처마신 거야?

"어떤가? 아주 좋은 제안이지?"

내 어깨를 잡은 지영학의 손에 힘이 들어가기 시작한다. 아마 거절하면 끝까지 잡고 안 놔주겠지.

그렇다고 상인으로 위장한 내가 여기서 치고받고 싸울 수도 없는 일.

"그러지."

"역시 우리 똥배 대인. 나온 배만큼 통이 크네. 하하하."

"……."

뭔가 일이 처음부터 대차게 꼬이기 시작했다.

"들었지? 여기 우리 대인이 내 대신 술값을 내 주신다고 한다."

살다 살다 지영학의 술값을 내 주는 날이 올 줄이야.

'하아……'

정말이지 알다가도 모르는 게 인생이었다.

그래도 좋은 쪽으로 생각하자.

이런 일로 당황하면 전가은이 이주원을 찾을 때까지 이 홍 등가에서 어떻게 버티겠는가?

일단은 장단에 맞춰 주자.

나는 보라색 치마를 입은 기생에게 다가가 물었다.

"총 얼마냐?"

"574냥이옵니다."

……단돈 500냥이라며?

지영학 이 새끼. 74냥은 어디다 팔아먹었냐?

그런 속마음과 달리 애써 여유로운 말투를 유지했다.

"쯧, 고작 574냥으로 이런 무사님을 곤란하게 한 것이냐?"

신경 쓰지 말자.

이 정도 추가 지출쯤이야.

'어차피 돈은 있는 대로 쓸 생각이었잖아.'

당연한 말이지만 홍등가는 손님에 따라 대접이 다르다.

저 밖에서 어지럽게 놀고 있는 평민들은 논할 필요도 없고, 문 너머의 잠화로에서도 등급이 존재한다.

정해진 기준에 따라 급을 나눠 철저하게 구분하는 것이다.

그중 가장 낮은 등급은 지방에서 올라온 상인들.

'지금의 내 위치가 여기에 해당하겠지.'

자주 오는 편도 아니고 고작 하루 이틀만 머물다 보니 씀씀이도 그리 크지 않다.

때문에 이들을 상대하는 건 야화로에서 잠화로로 갓 올라온 신입 기생들.

나름 잠화로에 들어왔다 하지만, 가장 보잘것없는 존재나 마찬가지라는 의미였다.

그렇기에 나는 지금에 만족할 수 없었다.

보다 더 높은 급으로 올라가야 하니 말이다.

'내 정체를 알게 될 것을 고려하면, 진지하게 잠입한 척은 해야겠지.'

일반적으로 급을 올리기 위해 사용할 수 있는 방법은 두 가지가 있다.

'권력을 갖든가, 아니면 돈을 미친 듯이 쓰든가.'

하지만 지금의 나로선 전자의 방법은 불가능했다.

내가 이서하임을 대놓고 드러내지 않는 이상, 지방 상인이 홍등가가 인정해 줄 권력을 갖는 건 불가능에 가까우니까.

결국 돈을 퍼부어야 한다는 소리다.

거물로 보이게끔.

"여기 600냥 전표다. 남은 건 알아서 해라. 새로운 비녀라
도 사서 꽂든가."

"어머. 제 비녀가 얼마나 하는 줄 아시고."

보라색 치마를 입은 기생은 미소를 지어 보이고는 치마를
살짝 들어 올리며 인사했다.

"그럼 편안한 시간 되시길 바랍니다. 대인을 좋은 방으로
안내해 주겠니?"

"네, 방주님."

방주? 이 여자가 방주였나?

예상치 못한 소리에 나는 다시금 보라색 치마를 입은 기생
을 바라봤다.

"그대가 방주였소?"

"저를 모르시는 걸 보니 홍등가는 처음이신 거 같습니다?"

"그렇소만."

"그러시군요. 그럼 인사를 올리겠습니다. 자화루의 방주,
이매라고 합니다."

조금 전과 같이 치마를 살짝 들어 올리며 고개를 숙여 보이
는 이매.

나는 이를 보며 속으로 회심의 미소를 머금었다.

'불행 중 다행인가?'

지영학과 얽힌 탓에 쓸데없이 600냥을 허비했다 생각했다.

그런데 흥조라 여겼던 그가 오히려 회소식을 물고 온 제비였다.

덕분에 방주가 누군지를 빠르게 알게 되었으니 말이다.

그에 대한 비용으로 고작 600냥밖에 들지 않았으니 이 또한 대단히 만족할 일이었다.

'운이 좋네.'

기대조차 안 했는데 처음부터 방주의 눈에 띄었다.

이 자화루에서는 모든 일들이 저 여자를 중심으로 이뤄질 테니 나에게는 좋은 일이었다.

그렇게 생각할 때였다.

"하하하! 그럼 지금부터는 내가 그대의 호위네. 같이 한잔할까?"

지영학이 나에게 어깨동무를 하며 친한 척 말을 걸어왔다.

아 정신 나갈 거 같아.

평정심 유지하자. 평정심.

"호위는 필요 없네. 나는 이만 올라가 볼 테니 자네도 이제 갈길 가게."

제발 꺼져 줘.

더 이상 너랑 엮이고 싶지 않다고.

하지만 지영학은 호락호락하지 않았다.

"그럴 수가 있나. 사내로 태어나 한 입으로 두말해서야 쓰나."

지영학은 가슴을 탕탕 치며 당당하게 말을 이어 갔다.

"자고로 무사라면 은원은 확실하게 해야 하는 법. 대인이 언제까지 여기 머물지는 모르지만, 그때까지는 내가 확실하게 호위해 주도록 하지."

한숨이 절로 나왔다.

그러니까 왜 은혜를 원수로 갚냐고.

은원까지 들먹이는 걸 보면 평범한 방법으로는 떨어트릴 수 없을 것만 같다.

단순히 은혜를 갚겠다는 이유만으로 보이지 않았으니 말이다.

"아하하하! 그럼 앞으로 잘해 보자고."

어깨동무를 하며 보내오는 능글맞은 웃음.

나한테 붙어먹겠다는 기색을 아주 대놓고 드러내고 있었다.

'하아, 어쩌다 이렇게 된 건지…….'

애써 긍정적으로 생각해 보았다.

그래도 지영학이 호위로 붙어 있어 주면 조금은 더 안전하지 않을까?

'아니, 없어도 충분히 안전하잖아?'

아무리 노력해도 도저히 좋은 쪽으로는 생각이 되지 않았다.

애초에 호위가 필요한 것도 아니고, 그가 옆에 딱 달라붙어 있으면 내 행동만 제한되니 말이다.

전가은과의 접선도 그렇고, 이준이와도 만나기 힘들 거 아닌가?

하지만 그런 나의 마음을 아는지 모르는지, 지영학은 신이 나서 위층을 가리켰다.

"기대해도 좋아. 여기 여자들이 아주 실하네."

일단은 어울려 주자.

어떻게든 기회를 봐서 떼어 놓으면 되겠지.

홍등가에서의 첫날은 그렇게 더러운 남자와 함께였다.

◆ ◈ ◆

이매는 남자가 올라간 계단을 바라보다 피식 웃었다.

"변장 한번 제대로 했네. 몰랐으면 정말 의심도 못 했겠어."

오늘의 만남은 결코 우연이 아니었다.

이서하가 홍등가에 잠입할 것이라는 건 전가은에게 미리 들어 알고 있었다.

하여 돈 좀 있어 보이면서 본 적 없는 자가 야화로에 발을 들이면 전부 자화루로 데리고 오라 명을 내려 놓았던 것이다.

하여 기생의 안내로 자화루에 온 것도, 조금 전의 만남도 모두 이매가 의도한 바였다.

순조롭게 이어지는 계획에 만족함을 드러낸 이매는 5층에 위치한 자신의 방으로 올라간 뒤 어린 하녀에게 물었다.

"오늘 일이 없는 해어화(解語花)는 몇이나 되느냐?"

해어화(解語花).

말을 알아듣는 꽃이라는 뜻으로, 가무는 물론 시와 문학에 통달한 최상위 기생을 칭하는 말이었다.

"총 일곱 명입니다."

"그럼 전부 부르거라."

"네, 방주님."

이윽고 7명의 화려한 여인들이 그녀의 앞으로 모였다.

"지금 지영학 무사와 함께 있는 상인이 있을 것이다."

그리고는 하녀를 돌아보며 말했다.

"이름은 뭐라고 적었더냐?"

"윤학이라는 이름입니다."

"나름 멋진 이름으로 적었구나."

이매는 피식 웃고는 곰방대를 물며 말을 이어 갔다.

"너희들 모두 그 어르신의 방으로 들어가도록 해라."

"저희 모두 말입니까?"

"그래, 너희들 모두."

그러자 한 기생이 깔깔거리며 웃었다.

"그만큼 부자랍니까? 저희 한 명과 하룻밤을 지내는 데 얼마가 드는지는 방주님이 더 잘 알지 않습니까?"

"그런 걱정은 안 해도 된다. 엄청난 부자니까."

청신 가문의 가주이자 현 국왕의 오른팔.

그와 동시에 떠오르는 은악상단의 진짜 주인이 이서하였으니, 모르긴 몰라도 이 나라의 누구보다 돈이 많을 것이었다.

"그런 부자가 자주 오는 것도 아니니 제대로 벗겨 먹어야 하지 않겠느냐?"

"이름도 못 들어 봤는데. 언니는 알아?"

"글쎄. 언뜻 방에 들어가는 걸 보았는데 생긴 건 그냥 똥배 나온 아저씨야."

"으, 너무 싫다."

이매는 진저리 치는 기생들을 보며 미소를 지었다.

만약 저 똥배 나온 중년의 남자가 이서하라는 것을 안다면 모두 자기가 시중을 들겠다고 나서겠지.

하지만 그것까지 말해 줄 이유는 없었다.

그게 아니어도 저들의 마음을 움직일 방법은 충분했으니 말이다.

이매는 손가락을 튕겨 기생들의 시선을 끈 뒤 말했다.

"너희들 중 하나라도 어르신의 마음을 얻는다면 내 기생방을 하나 차려 주도록 하마."

"……!"

자신만의 기생방을 가진다는 건 모든 기생들의 꿈이었다.

"그렇게 대단하신 분입니까? 방주 언니."

"그럼 내가 별것도 아닌 놈을 신경 쓰겠느냐?"

이매는 곰방대를 내려놓으며 말했다.

"그럼 두 분을 천국으로 보내 드려라."

"이승으로 돌아올 생각은 꿈도 꾸지 못하게 만들어 드리죠."

기생들은 자신만만하게 미소를 지으며 방을 나섰다.

일을 마친 이매는 곰방대를 입에 물었다.

"이서하라……."

젊은 나이에 왕국 최강의 자리에 오른 기린아.

그에 대한 소문은 실존하는 인물이라고는 믿기 힘들 정도로 신격화가 되어 있었다.

하늘이 내린 천무지체. 약관의 나이에 세상 진리를 깨우친 천재. 미래를 내다볼 정도로 뛰어난 통찰력. 타의 모범이 될 만한 뛰어난 인품까지.

그러나 이매는 그 소문들이 우습다는 듯 조소를 흘렸다.

"그래 봤자 남자지."

수많은 고관대작을 상대해 보았다.

강직함으로 유명했던 무사는 한 기생에게 빠져 전 재산을 가져다 바쳤고, 청렴하기로 명성이 자자했던 대감은 한 번에 5명과 잠자리에 드는 것을 즐겼다.

남자란 동물은 그렇다.

여자가 마음먹고 홀리면 안 넘어가고 배길 수 없는 법.

'제정신으로 살고 싶다면 애초에 홍등가에 발을 들이지 말 았어야지.'

모든 건 이서하 스스로 자초한 일이었다.

"어디 보자……."

이매는 음흉한 미소와 함께 말했다.

"얼마나 버틸 수 있을지."

◆ ◆ ◆

이 여자들은 도대체 왜 이럴까?

5층까지 올라오는 건 좋았다.

층수가 높아질수록 높은 급의 대접을 받는다는 건 홍등가의 상식이었으니 말이다.

하지만 문제는 들어온 기생들의 수였다.

아니, 왜 남자 둘이 노는 데 여자가 일곱이나 들어오는 것일까?

양팔에 끼고 놀아도 네 명이면 충분하잖아.

게다가 하나같이 화려한 외모에 가무까지 출중한 것이 일반 기생은 아니었다.

누가 봐도 이상한 상황이다.

하지만 지영학은 그런 의심 따위는 없는지 깔깔거리며 놀고 있다.

"으하하하하! 이렇게 좋은 여자를 숨겨 두고 있을 줄이야. 그래, 너는 노래나 한번 불러 보거라."

저 자식.

지 돈 아니라고 또 미친 듯이 마시고 있다.

"그럼 한 곡조 올리겠습니다."

지영학의 말에 한 기생이 벌떡 일어나더니 노래와 함께 사뿐사뿐 춤을 추기 시작했다.

　그런데 요청한 지영학이 아닌 내 곁을 맴돌고 있다.

　마치 유혹이라도 하는 듯.

　'이것 참, 벌써부터 이러면 큰일인데.'

　나 같은 촌부를 이 정도로 환대해 주는 이유라면 한 가지뿐이다.

　'전가은이 생각보다 빠르게 밀고했나 보군.'

　이곳 방주는 내가 이서라는 걸 아는 것이다.

　그러니 뛰어난 기생들로 나를 홀려 약점을 잡거나, 취하게 만들어 암살하려 드는 것이겠지.

　그런데 이를 미안해서 어쩌나.

　'별 감흥이 없는 걸 어떡하라고.'

　물론 노래하는 목소리는 간드러지고, 부드럽게 이어지는 춤에서도 우아함이 느껴진다.

　심지어 외모도 가히 절세미녀라 부를 만하다.

　회귀 전의 나였다면 침을 질질 흘리며 바라봤겠지.

　하지만 지금 나에게 이들은 아주 평범한 여자.

　그 이상도 이하도 아니었다.

　매일같이 세상에서 가장 아름다운 여자와 함께하다 보니 생긴 부작용이었다.

　'아린이를 보다 보니 여자들 생긴 게 다 똑같아 보이네.'

그렇게 반응을 보이지 않자 춤을 추던 기생이 내 옆으로 다가와 앉았다.

"제 실력이 어떻습니까? 대인?"

"……훌륭하구나."

대충 칭찬해서 다시 지영학 옆으로 보내자.

하지만 기생은 작정하고 날 꼬시겠다는 듯 얼굴을 들이밀었다.

부담스러울 뿐. 설렘은 없다.

내 표정이 좋지 않음에도 기생은 환하게 웃으며 말을 이어갔다.

"그럼 소녀가 한 잔 올려도 되겠습니까?"

마지못해 술잔을 받자 기생은 포도알을 입에 물고는 고개를 갸웃했다.

뭘 어쩌라는 건지 모르겠다.

귀여운 척이라도 하는 것인가?

그렇게 멍하니 보고 있자 기생은 민망한 듯 포도알을 삼키고는 웃었다.

"어머, 놀아 보신 적이 없으신가 봅니다."

없지.

회귀 전, 야화로에서 놀 때도 기생들 옆에서 목석처럼 술이나 마시다가 돌아간 정도였으니까.

하지만 솔직하게 말할 수는 없다.

"마음에 드는 꽃이 있어야 놀지 않겠느냐? 홍등가 수준이 이리도 낮을 줄이야."

허세를 좀 부려 보자.

기분 나쁘면 알아서 떨어져 나가겠지.

하지만 이러한 도발에도 기생은 웃어넘겼다.

"어머머, 농담도 참."

생각보다 직업 정신이 투철하다.

그러면서 다시금 가슴을 밀착시켜 왔다.

인위적인 향에 소름이 돋는다.

아린이의 자연스러운 풍란 향에 비해 맡는 것 자체가 고역으로 느껴질 정도였다.

나는 얼른 몸을 떨어트렸다.

그러자 기생은 당황한 눈초리로 나를 바라보았다.

'너무 뺐나?'

하긴, 저 기생은 그 어떤 남자라도 한 번쯤 이야기를 걸고 싶을 만큼 아름다운 여자였다.

그런 이를 곁에 두고도 아무런 반응도 보이지 않으니 도리어 이상하게 느껴지겠지.

게다나 나는 지방에서 날 잡고 올라온 졸부를 연기하는 중이었다.

역할에는 그와 어울리는 성격이 있는 법. 점잔만 떨고 있을 수는 없다.

하지만 내가 이서하라는 걸 방주가 아는 마당에 문란하게 놀 수도 없지 않은가.

이에 나는 한 가지 방법을 떠올렸다.

문란하지도 않으면서, 주제 모르는 졸부를 연기할 아주 완벽한 작전을 말이다.

나는 술을 마시며 기생들에게 말했다.

"너희들한테는 별 흥미가 없어서 말이야. 나는, 그래. 그 이매라는 그 여자가 괜찮던데. 너희 방주 말이다."

그러자 기생들의 표정이 순간적으로 굳었다.

무섭네. 여자들 정색하는 거.

하지만 이내 다시금 헤실헤실 웃으며 내 옆으로 다가왔다.

"방주님 말입니까? 어머머, 어르신께서는 어려우실 텐데요."

"방주라고 해 봐야 고작 기생인데, 어려울 게 뭐 있으려고."

또다시 기생들의 표정이 굳어졌으나, 이전보다 그 강도가 심했다.

저들의 자존심을 건드린 것이나 마찬가지일 테니 말이다.

그 때문인지 기생은 금세 표정을 되돌리지 못하며 답했다.

"방주님은 오직 귀인들만 상대하십니다."

"귀인이라. 그럼 얼마를 써야 귀인이 될 수 있지?"

"글쎄요. 귀인은 돈만으로 될 수 있는 것이 아니라서."

한마디로 너 따위는 꿈도 꾸지 말라는 소리다.

상관없다.

어차피 나에게 있어 방주와 놀고 싶다는 건 지금 상황을 모면하기 위한 변명에 지나지 않았으니 말이다.

'상대를 안 해 주면 오히려 내가 더 고맙지.'

내 목표는 최대한 오랫동안 홍등가에서 버티는 것이니 말이다.

그래도 일단은 실망한 척이라도 해 주자.

"흐음, 그러냐? 그렇다면 어쩔 수 없지."

이젠 준비한 계획을 던질 때였다.

"그렇다고 흥미도 느껴지지 않는 자리를 계속하긴 그러니, 나와 놀이 하나를 하자꾸나."

"놀이 말입니까? 어떤 것이죠?"

"너희들 모두가 나랑 대작하는 거다. 혹 이기는 자가 있다면 그 사람의 하룻밤을 만 냥에 사겠다. 어떠냐?"

만 냥이란 소리에 기생들의 눈이 돌아가는 것이 보였다.

"어머, 정말이십니까?"

"후회하지 않으실 자신 있으십니까?"

"한 입으로 두말하시기 없습니다."

못마땅한 기색은 순식간에 사그라들고, 어느새 눈빛이 열의에 불타오른다.

돈이면 다 해결되리라 생각하는 졸부의 치기로 여긴 것이겠지.

"물론이지."

계획한 대로 판이 형성되자 나는 지영학에게 시선을 돌렸다.

"어떻게, 그쪽도 같이 하겠나?"

"하하하, 나는 사내와 동침할 생각이 없는데."

"그건 피차 마찬가지네. 그저 사내 대 사내로 한번 붙어 보자는 말이지."

순간 지영학의 눈꼬리가 씰룩거렸다.

"고작 상인이 무사를 이길 수 있으려나?"

"이래 봬도 내가 동네에서는 술고래로 유명하지. 이참에 무사들은 얼마나 잘 마시는지 좀 보고 싶은데."

"그렇다면야."

지영학은 신이 나서 다가왔다.

"사양할 이유는 없지."

그렇게 대작이 시작되고 2시진 후.

내 앞에는 일곱 기생과 지영학이 곤히 잠들어 있었다.

신평의 박진범도 이긴 나를 무사도 아닌 기생이 이길 수 있을 리가.

불편하기 짝이 없던 지영학까지 뻗었으니 일거양득이었다.

나는 자리에서 일어나 난장판이 된 방을 빠져나왔다.

복도를 거닐며 창밖을 바라보니, 경치 또한 일품이었다.

"거 날씨 한번 좋네."

그렇게 나는 다시금 불야성의 거리로 향했다.

홍등가의 초입 야화로.

왁자지껄하게 떠들썩하던 거리가 일순 침묵에 잠겼다.

막 홍등가 초입에 들어선 두 사람 때문이었다.

아니, 정확히는 그중 한 사내로 인해 벌어진 일이었다.

사내치고 작은 체구에 백옥 같은 피부, 반 묶음으로 늘어트린 흑발.

나름 한 미모 한다는 기생들마저도 기를 죽게 만드는 화려한 외모.

심지어 기생을 끼고 놀던 남자들마저 시선을 빼앗길 정도로 사내의 용모는 매력적이었다.

장소가 장소인 만큼 자신에게 시선이 집중된다면 기분이 좋을 법도 하건만.

정작 사내는 지금의 상황이 불쾌하다는 듯 미간을 찌푸렸다.

"뭔가 잘못된 거 같은데."

사내의 정체는 다름 아닌 유아린.

그녀는 뒤에 따라붙은 잘생긴, 아니 잘생긴 느낌이 나는 남자를 돌아봤다.

"너 제대로 한 거 맞아?"

"네. 하늘을 우러러 한 점 부끄러움 없습니다."

"그런데 왜 저렇게들 쳐다봐? 내가 분명 최대한 못생기게 만들라고 하지 않았어?"

조용히 잠입할 생각이었기에 이토록 주목이 집중되는 건
피하고 싶은 아린이었다.

그렇기에 눈에 띄지 않도록 최대한 볼품없게 만들어 달라
요청했던 것인데, 주변의 반응을 보니 아무래도 실패인 것만
같다.

"그러게 내가 큰 점 찍으라고 했잖아. 아니면 화상 같은 흉
터라도 넣거나."

"하아."

정이준은 고개를 절레절레 흔들며 한숨을 내쉬었다.

"부대장님이 분장까지 하면서 이곳에 들어온 이유가 뭡니까?"

"정체를 들키지 않으면서 서하의 계획을 돕기 위해서지."

"그렇죠. 우리가 한가롭게 풍자 놀이나 하자고 여기 온 게
아니지 않습니까?"

정이준이 또박또박 반박을 제시하며 아린을 나무랐다.

"무리한 분장은 오히려 조화를 깨뜨려 역효과를 가져올 수 있
습니다. 요청하셨던 것들이 그런 요소들이죠. 오히려 사람들의
뇌리에 박혀 존재감을 드러내는 꼴이 됐을 겁니다. 그리고……."

냉철하게 설명을 이어 가던 정이준이 이번엔 어처구니없
다는 얼굴로 말했다.

"지금 상황은 제가 잘못해서 그런 게 아니라, 순전히 부대
장님 탓이지 않습니까? 최선을 다하면 뭐 합니까? 아무리

가리려 해도 가려지지가 않는데."

쓸쓸해하는 정이준을 보며 그제야 아린이 못마땅하다는 시선을 거뒀다.

"······그래, 납득했어. 생각 없이 한 거라면 책임을 물으려고 했는데."

"휴우."

정이준은 작은 한숨과 함께 하늘을 올려다보았다.

'어머니, 당신 때문에 전 오늘도 생사를 넘나들고 있습니다.'

그렇게 눈을 감고 잠시 생각에 잠겼던 정이준은 이내 결의에 찬 눈빛으로 홍등가를 주시했다.

'그러니 본전을 뽑아야 한다.'

언젠가 저잣거리에 나도는 흔한 소설을 본 적이 있었다.

기생과 무사의 사랑을 주제로 다룬 이야기였다.

수많은 배신을 당하고 전쟁에서 동료까지 잃으며 마음의 문을 닫아 버린 무사.

그런 그에게 한 기생이 다가와 지고지순한 사랑으로 보듬어 주며 심중의 상처를 치유해 준다.

그렇게 두 사람의 사랑이 무르익을 때쯤, 기생이 한 탐관오리에게 팔려 간다.

이후 무사가 혈혈단신으로 탐관오리의 집을 습격해 그녀를 구해 낸 뒤 함께 시골로 내려가 행복한 여생을 보낸다는 이야기.

여타의 소설들과 크게 차이가 있는 건 아니었다.

그러나 소설을 읽은 뒤 정이준은 한 가지 환상을 품게 되었다.

'나에게도 낭만적인 미래가 그려질 수 있다.'

지금의 자신은 왕국에서 명성이 자자한 광명대의 일원.

게다가 발을 딛고 있는 이곳은 왕국 제일의 기생들이 모이는 홍등가였다.

소설 같은 일이 벌어지지 않을 거라는 보장이 없었다.

정이준은 자신의 볼을 탁탁 친 뒤 말했다.

"그럼 일단 기방이라도 들어가 보죠."

"우리가 놀러 왔니? 최대한 얌전히 있자."

저렇게 말할 줄 알았다. 하지만 그렇다고 포기할 정이준이 아니었다.

"에이, 부대장님. 움직이더라도 일단 어디라도 들어가서 이 거리에 녹아든 뒤에 해야죠. 지금처럼 홍등가에 들어와서 아무것도 하지 않는 게 더 이상해 보일 겁니다. 그리고 이대로 주목을 받으며 이동하면 결국 서하 대장님을 방해하는 꼴밖에 안 되지 않겠습니까?"

대장을 방해하는 꼴밖에 안 된다.

그것이 정이준이 생각해 낸 필살기였다.

아린은 종잡을 수 없는 사람이지만 이서하와 관련된 일이라면 맹목적인 모습을 보였으니 말이다.

그리고 예상대로 아린은 신중한 얼굴로 고개를 끄덕였다.

"……그래, 그것도 그렇네."

됐다.

조금은 놀 수 있어!

"그럼 제가 마땅한 장소를 알아보겠습니다."

정이준은 빠르게 눈을 굴렸다.

지금의 나는 소설 속 주인공이다.

그렇다면 그에 걸맞은 배역을 찾아야 했다.

그로부터 얼마 지나지 않아 한 여자가 정이준의 눈을 사로잡았다.

다른 기생들과 달리 화장기 없는 모습.

견습인 듯 수수한 옷을 입고 있었으나 단아한 흑발과 꾸미지 않은 미소는 그녀를 그 누구보다 빛내고 있었다.

'저 여자다!'

이준이 보았던 소설의 여주인공이 바로 저런 모습이었다.

개인적인 사정으로 어쩔 수 없이 기생을 하고는 있으나, 전쟁 같은 삶을 살아가면서도 희망을 잃지 않는 강인한 인물.

그리고 모순되게도 기생이란 신분이 순수한 매력을 더욱 돋보이게 만드는 존재.

순간 가슴이 뛰기 시작했다.

저 여자가 바로 내 사랑이다.

그런 확신이 들었다

"저기로 가죠!"

정이준은 아린의 허락도 받지 않고 성큼성큼 걸어가 여자에게 말을 걸었다.

최대한 멋지게 뽐내고 온 만큼 정이준의 말투에는 자신감이 넘쳤다.

"여기 자리 있느냐?"

누가 봐도 늠름한 무사의 면모로 느껴질 것이다.

그리고 자신을 발견한 저 여자 또한 첫눈에 호감을 느끼며 안으로 안내할 것이다.

이후 서로에 대해 알아 가며 처음의 호감은 어느새 애정의 단계를 밟아 갈 테고 말이다.

하지만 돌아온 말은 그의 예상 밖이었다.

"죄송합니다. 오늘은 자리가 꽉 차서……."

"응?"

정이준은 얼빠진 소리와 함께 주변을 둘러보았다.

가는 날이 장날이라고 사람들이 꽉 차 있다.

'어쩌지?'

바닥에라도 앉아서 먹는다고 할까?

아니, 그러면 너무 꼴사납다. 운명의 여자 앞에서 그런 짓을 할 수는 없지 않은가?

반면 이대로 발걸음을 돌리는 것도 내키지 않았다.

그렇게 고민할 때, 뒤에 있던 아린이 걸어 나오며 말했다.

"자리가 없다면 다른 곳을 찾아보지."

변조를 위해 최대한 굵게 낸 목소리였으나, 특유의 청량함
은 감춰지지 않았다.

이에 시선을 돌린 기생은 직후 찾아온 또 다른 충격에 돌처
럼 굳어 버렸다.

"……아."

단번에 시선을 빼앗는 목소리만으로 모자라 한 번 본 것만
으로 넋을 놓게 만드는 얼굴.

무어라 답을 하고 싶지만 어떠한 말도 뜻대로 꺼낼 수 없었다.

아린은 그런 기생을 힐끗 보고는 차갑게 몸을 돌렸다.

"가지."

그가 떠나려 한다.

왠지 이 순간 붙잡지 않으면 더 이상 저분을 만날 수 없으
리라는 불안감이 엄습했다.

기생은 혼신의 힘을 다해 황급히 외쳤다.

"아닙니다!"

그리고는 아린이 돌아보기도 전에 어디론가 달려간 뒤 헐
레벌떡 돌아왔다.

"비록 손님을 받는 곳은 아니지만 비는 방이 하나 있습니
다. 괜찮으시다면 그곳으로 안내하겠습니다."

"아니, 굳이……."

"그럼 부탁하지."

정이준이 아린의 말을 끊었다.

"어서 가지. 친구."

친구라는 말에 아린의 표정이 싸늘하게 식었지만 극도로 흥분한 정이준의 눈에는 보이지 않았다.

그리곤 성큼성큼 기생의 등 뒤를 쫓았다.

이윽고 기생이 걸음을 멈춘 곳은 2층에 자리한 작은 방이었다.

"원래는 저 같은 견습 기생들이 사용하는 방입니다. 누추하지만, 이곳이라도 괜찮으십니까?"

기생의 말대로 방의 규모는 무척이나 아담했다.

반면 작게 난 창으로 거리를 내려다볼 수 있어 나름의 운치가 있었다.

어차피 일행은 단둘뿐이기도 하니 시끌벅적한 곳보단 이처럼 고즈넉한 공간이 좋기도 했다.

"아니다. 오히려 만족스럽구나."

"감사합니다. 금방 술을 준비해 오겠습니다."

기생이 내려가고 정이준이 신나서 말했다.

"참하지 않습니까?"

"……글쎄? 내가 보기에는 평범한데?"

"에이, 홍등가에서 저렇게 청순하고 수수한 여자를 어떻게 만납니까? 분명 뭔가 크나큰 사정이 있어 이곳에 흘러들어온 것이 분명합니다. 예를 들면 집에 빚이 있다거나, 부모님이 아프다거나 하는……."

소설 속 여주인공은 부모님의 약값을 마련하기 위해 홍등가에 들어갔었다.

"분명 따뜻한 마음씨를 가진 그런 여자일 겁니다."

"그래? 마음에 들었나 보네."

"마음에 들었습니다."

"그럼 잘해 봐."

"그래야죠. 저 오늘 남자가 될 수 있을 거 같습니다."

아린은 대꾸도 하지 않은 채 묵묵히 거리를 내려다볼 뿐이었다.

그리고 이윽고 정이준의 사랑이 술상을 들고 안으로 들어왔다.

정이준은 그런 그녀를 격하게 반기며 술상을 대신 받았다.

"내가 들어 주지."

"어머, 그러실 필요까진 없으십니다."

"아니네. 연약한 여성이 이런 무거운 걸 들어서야. 하하하!"

"그럼……."

그렇게 정이준이 술상을 받아 드는 순간.

기생은 당연하다는 듯 아린의 옆으로 가 앉았다.

"……."

정이준이 당황하는 것도 잠시.

"……우와!"

정이준의 사랑을 뒤따라 들어오던 기생이 감탄사를 뱉은

후 안으로 들어왔다.

그리고 역시나 당연하다는 듯 아린의 옆으로 가 앉았다.

"……."

뭐야? 지금?

이게 바로 말로만 듣던 은근히 따돌림.

은따라는 건가?

정이준이 그렇게 눈을 깜빡이고 있을 때 아린이 말했다.

"한 명은 반대편으로 가야 하는 거 아닌가?"

"오, 그러네요. 호호호."

하지만 서로 눈치를 볼 뿐.

그 누구도 움직이려 하지 않는다.

정이준은 멍하니 그 광경을 바라보다 손을 내저었다.

"괜찮네. 나는 혼자 먹는 게 편하니."

아니, 안 괜찮다.

그저 마지막 자존심이라도 지키기 위해 한 말이었다.

이렇게 말하면 누구라도 와 줄 것만 같아서.

하지만 돌아온 대답은 잔인했다.

"어머, 그러시면 어쩔 수 없지요."

"……."

이후로도 두 명의 기생이 더 들어와 그렇지 않아도 아담한
방은 금세 온기로 가득 찼다.

다만 문제가 있다면, 약속이라도 한 듯 전부 아린의 주변에

앉았다는 것이다.

기생들은 뭐가 그리도 좋은지 아린의 옆에서 한참을 떠들었다.

"한 잔 드시죠, 무사님. 제가 따라 드리겠습니다."

"어머, 우리 무사님 어떻게 이렇게 선이 고울까?"

아린은 이에 적당히 응해 주며 홍등가에 대한 기존적인 정보를 물었다.

기본적인 상식은 알고 있어야 이 사회에 평범하게 녹아들 수 있을 테니 말이다.

그런데 기생들은 고민하는 기색도 없을뿐더러 묻지도 않은 것까지 답해 주었다.

예상외의 소득에 아린의 입가에도 미미하게나 변화가 일어났고, 기생들은 그 모습을 한 번 더 보기 위해 발 벗고 나섰다.

그렇게 아린과 기생들이 화기애애한 장면을 연출하는 것과 달리.

맞은편에 자리 잡은 정이준은 말 한마디 없이 묵묵히 술만 들이켤 뿐이었다.

그 혼자 비운 술병이 주위로 가득했고, 어느새 일곱 번째 병마저 바닥을 드러낼 즈음.

"그만 마셔."

아린의 말에 정이준이 한숨을 푹 내쉬었다.

"아직 멀었습니다."

"……취했네. 이만 일어나자."

무사들은 쉽게 취하지 않는다.

게다가 정이준은 그간의 수련으로 웬만한 이들보다 높은 경지에 도달한 상태였으니 술기운에 달아오를 일은 없어야 했다.

그러나 그가 지금껏 들이켠 술은 일반 평민들이 즐기는 술이 아니었다.

잠화로에 들어가지 못하는 하급, 중급 무사들을 위해 별도로 마련한 독주였고, 단시간에 일곱 병이나 마셨으니 알딸딸해질 수밖에.

그 탓에 정이준은 살짝 꼬인 혀로 말을 이어 갔다.

"에이, 지금 일어나면 아무것도 못 하고 일어나는 건데."

"그럼 언제 일어날 생각이지?"

"뭐…… 사랑도 하고 남자도 되고 나면 그때쯤……."

"그렇구나. 죽기 전까지 안 일어나겠다는 말이네."

정이준을 바라보는 아린의 눈빛이 급격하게 싸늘해졌다.

"앞에는 술이 흐르고 뒤에는 산처럼 높은 불야성이 있고, 수도 내에 자리한 홍등가라면 묏자리로도 나쁘지 않겠지. 여기에 묻히는 건 네가 처음이 되겠네."

"……."

정이준은 일말의 망설임도 없이 벌떡 일어났다.

취한 상태에서도 아린의 말에는 반응할 수밖에 없었던 것이다.

"벌써 가시는 겁니까?"

"하룻밤 주무시고 가시지요. 특실을 비워 놓겠습니다."

아린은 들러붙는 기생들을 떨쳐 내며 자리에서 일어났다.

"내 몸에 손대지 마라. 가자."

그리고는 정이준의 뒷덜미를 잡고는 밖으로 나갔다.

그렇게 어지러운 홍등가로 빠져나온 아린은 정이준의 뺨을 탁탁 때리며 말했다.

"정신 차려. 이제부터 서하 접선이잖아."

"안 취했습니다."

"그럼 다행이고. 우린 이쯤에서 헤어지자. 기생들한테 홍등가에 관한 이야기도 많이 들었으니 난 혼자 움직일게."

"네? 혼자요? 왜요?"

"왜긴. 내가 자기 말 안 듣고 온 걸 알면 서하가 실망할 거 아니야. 그러니까 너도 입방정 떨지 않는 게 좋을 거야."

그리고는 작게 중얼거린다.

"잘 놀지도 못하면서 술이나 마시고. 불안하게. 쯧."

정이준은 묵묵히 듣고 있을 뿐이었다.

"난 잠화로로 향하는 입구, 그 바로 앞에 있는 기생방에서 머물 거야. 그러니 서하에게 들은 내용은 바로바로 알려 주고. 알았니?"

"……뉘에뉘에. 알겠습니다."

"말투가 왜 그래?"

"아무것도 아닌데여?"

아린은 혀를 찼다.

"상황이 상황이니까 봐준다. 대신 서하 앞에서도 그딴 태도로 임하면 그 이후는 알아서 생각해."

"뉘에뉘에~."

"똑바로 해라. 지켜보고 있다는 거 잊지 말고."

살벌한 경고와 함께 멀어지는 아린을 바라보며 코를 훌쩍이던 정이준은 천천히 등을 돌렸다.

이서하와 만나기로 한 것은 홍등가 안쪽.

약속 시간에 늦지 않기 위해선 당장 움직여야 했다.

그러나 생각과는 달리 내딛는 걸음걸음이 너무도 무겁게만 느껴졌다.

늦지 않게 접선 장소에 도착했지만, 대장의 모습은 그 어디에서도 보이지 않았다.

또한 계속해서 기다려도 좀체 나타날 생각이 없었다.

평소라면 당장이라도 불평불만을 토해 내기 바빴을 정이준이지만, 의아하게도 그는 어떤 푸념도 없이 묵묵히 서하가 오기만을 기다렸다.

그렇게 약속한 시간보다 한참이 더 지났을 무렵.

저 멀리서 똥배 나온 중년의 아저씨가 다가오는 것이 보였다.

이서하였다.

정이준은 약속했던 대로 파란 노리개를 흔들었다.

이를 확인한 이서하는 헐레벌떡 달려와 말했다.

"미안, 늦었지? 일이 좀 꼬여서. 운성에서 본 그 암부의 무사 지영학이 여기 있어. 그놈이 술에 깨기 전에 돌아가 봐야 하니까 빨리……."

"……."

그렇게 서둘러 본론으로 들어가려던 서하가 일순 말을 멈췄다.

정이준의 표정이 낮에 본 것과는 확연하게 달랐기 때문이다.

"표정이 왜 그러냐? 뭔 일 있어?"

"제가 뭐요?"

"홍등가 오고 싶다고 노래를 부르더니 왜 울상이냐고. 내가 늦어서 그런 거야? 그럼 빨리 끝내 줄 테니까 가서 놀아. 돈도 줄게."

"아닌데여. 저 놀려고 온 거 아닌뒈여?"

"말투는 또 왜 그래?"

"흑!"

정이준은 코를 훌쩍이더니 눈을 비비며 말했다.

"잘생기고 싶어요. 대장님. 흐윽."

"……."

이서하는 황당한 얼굴로 정이준을 바라보며 말했다.

"뭔 미친 소리야, 그게?"

도대체 영문을 알 수 없는 서하였다.

Chapter 120.

이준이와 만나기로 한 시간은 이미 한참 전에 지나갔다.

지영학은 물론 기생들까지 들러붙는 바람에 시간이 많이 지체된 것이다.

그렇다고 북적거리는 홍등가에서 모양 빠지게 달릴 수도 없는 노릇.

답답함을 억누르며 발걸음을 재촉했다.

그렇게 도착한 접선 장소.

나는 서둘러 의도하지 않은 상황에 대해 설명했지만, 얼마 지나지 않아 고개를 갸웃할 수밖에 없었다.

처음엔 오래 기다린 탓이라 생각했는데, 자세히 보니 그게 아닌 듯했다.

늦은 것에 분노했다기보단 대놓고 울상을 짓고 있었으니
말이다.

거기다 한다는 말은 더 가관이었다.

"잘생기고 싶어요. 대장님. 흐윽."

"……."

뭔 개소리인지 모르겠다.

한껏 꾸미고 와 놓고 잘생기고 싶다니.

코까지 훌쩍이며 칭얼거리는 걸 보니 내가 없는 사이에 무
슨 일을 겪은 듯했다.

'오는 길에 기생들에게 추파라도 던졌다가 무시를 당한 것
일까?'

아니, 그럴 리는 없겠지.

야화로는 평민도 드나드는 곳이 아니던가.

이준이 정도면 이곳의 기생들에겐 더할 나위 없는 남자다.

왕국 최강의 무사가 이끄는 광명대에 속했으며, 지금은 어
디 가서 꿀리지 않을 외모로 치장까지 했으니 말이다.

그런 놈이 이렇게 궁상을 떨고 있다면, 그 이유는 한 가지
밖에 없을 것이다.

"마음에 드는 기생을 잘생긴 놈한테 뺏겼냐?"

짐작이 맞아떨어진 것인지 이준이가 눈을 휘둥그레 떴다.

"어떻게 아셨습니까?"

"딱 보면 척이지."

"크흑, 망할 외모지상주의. 너무 억울합니다, 대장님."

속내가 드러났기 때문인지, 아예 대놓고 한탄을 쏟아 내는 이준이였다.

'일단 제정신으로 돌려놓는 게 먼저겠네.'

이 상태에선 대화를 나눈다는 것 자체가 불가능할 테니 말이다.

나는 이준이의 어깨를 토닥이며 위로했다.

"괜찮아. 외모가 전부는 아니잖냐. 사람은 내면이 중요한 법이지. 안 그래?"

"하긴, 여자인지 남자인지도 몰라보는……."

"뭐?"

"아무것도 아닙니다."

영문을 알 수 없는 소리를 지껄이던 이준이는 표정을 진지하게 바꾸며 화제를 돌렸다.

"그나저나 빨리 돌아가 봐야 한다면서요. 그럼 이제부터 전 뭘 하면 됩니까?"

"아, 맞다."

순간 너무나도 어이가 없어 지영학을 망각해 버렸다.

취해서든, 술을 마시다 피로감에 잠이 든 것이든 내가 자리를 비운 사이에 깨어나면 좋을 리가 없다.

그러니 서둘러 볼일을 마치고 제자리로 돌아가야만 했다.

"시간이 없어서 한 번만 말할 테니까 지금부터 잘 들어. 내가 홍등가에서 알아낸 정보를 매일 알려 줄 거야. 넌 그거를 백성엽 대장군에게 전해."

"그냥 전하기만 하면 됩니까?"

"그래. 이후의 일은 대장군님께서 알아서 하실 거야."

내게 주어진 역할은 전가은이 이중 세작으로 인정받을 수 있도록 돕는 것.

그러나 나는 단순히 그 역할만 이행할 생각이 없었다.

내 존재가 드러났고 시선이 집중될 것이라면, 이를 최대한 유리한 측면으로 이용해야 되지 않겠는가.

이준이를 콕 집어 대동한 것도 그 때문이었다.

내 수족처럼 이용 가능하며 확실하게 신뢰할 수 있는 인물.

만일의 상황에 직면해도 순간적인 기지를 발휘해 돌파할 능력을 보유한 자.

이 조건에 적합한 인물은 이준이밖에 없었다.

그리고 나는 그를 통해 홍등가 내부의 사정을 전달할 것이다.

대장군님과 단장님이라면 그 정보들을 이용해 계획의 완성도를 높여 줄 테니까.

"알겠습니다."

고개를 끄덕이며 받아들이지만, 표정은 금세 어두워져 있었다.

단순히 전하는 게 끝이 아님을 눈치챈 것이다.

역시 이준이는 눈치가 빨라 좋다.

"후우, 생각보다 제 역할이 크네요."

"당연하지. 앞으로 내 손과 발이 되어 줘야 할 테니까."

"열심히 하겠습니다!"

이준이는 경례를 올려붙이며 한껏 과장된 모습을 보였다.

그러나 저 행동이 긴장감을 떨쳐 내는 그만의 방식임을 알기에 나 또한 거수하며 답해 주었다.

"추가로 궁금한 건?"

"내일도 여기서 봅니까?"

"아니."

나는 미리 작성한 쪽지를 건넸다.

"내일 접선할 장소와 시간이야. 신호도 매일 바꿀 테니 그렇게 알고 있어."

"거의 해 뜨기 전이네요?"

"그때가 가장 사람이 없는 시간이니까. 변장도 그때 고칠 거니까 도구 챙기는 거 잊지 말고."

"알겠습니다."

"그리고 넌 매일 다른 사람으로 바꿔서 와."

"매일 다른 사람으로요? 왜요? 그거 엄청 고역인데."

"고역을 겪는 게 죽는 것보단 낫지 않을까?"

거꾸로 매달아도 사는 세상이 나은 법이다.

홍등가에 들어선 이상, 단 한순간도 방심해선 안 됐다.

"언제 감시가 붙을지 몰라. 아니지, 이미 붙었을지도 모르겠네."

이매라는 방주가 내 존재를 알고 있는 이상, 분명 내 동태를 살피기 위해 움직였을 것이다.

"매일 같은 사람을 만나면 이상하게 여기겠지. 그러니 최대한 의심은 피하자. 나야 무슨 일이 일어나도 살아남을 자신이 있지만, 너는 그렇지 않잖아?"

"……듣고 보니 그렇네요."

이준이는 심각한 얼굴로 고개를 끄덕였다.

보아하니 더 이상의 당부는 필요 없어 보였다.

자기 목숨이 걸린 일이라면 돌다리도 두드려 보고 건너는 놈이니 이후의 일은 알아서 할 테니 말이다.

"그리고 마지막으로……."

나는 품속에서 명패를 꺼내 내밀었다.

"변승원 도방에게는 얘기해 놓았으니 돈을 찾는 데 어려움은 없을 거야."

"오, 이것이!"

정이준은 황홀한 얼굴로 명패를 받아 들었다. 이준이의 눈에서 욕망이 활활 타오르는 것이 보였다.

그도 그럴 것이 이준이의 손에 들린 것의 정체는 상단주 명패.

은악상단의 자금을 마음대로 뽑아 쓸 수 있는 신기(神器)라 할 수 있었다.

'이거 고양이한테 생선을 맡긴 꼴은 아닐지 모르겠네.'

왠지 모를 불안감이 밀려들었으나, 이내 고개를 저어 날려 버렸다.

크게 걱정할 일은 없을 것이다.

사기꾼 같은 면모가 강하다지만 그래도 생각이 있다면 내 돈을 함부로 쓰지는 않겠지.

죽고 싶지 않다면 말이다.

그렇다고 사적으로 한 푼도 쓰지 말라고 강요할 생각은 없었다.

그럴 생각이었다면 명패를 내주지도 않았을뿐더러 홍등가에 데려온 이상 위험 수당도 챙겨 줄 생각이었으니 말이다.

"어느 정도는 개인적 용도로 뽑아서 써도 돼."

"……어느 정도가 도대체 얼마입니까?"

"그건 네 양심에 맡길게."

"막 10냥 뽑았다고 혼내고 그럴 건 아니죠?"

"고작 10냥? 나를 그런 좀생이로 봤냐?"

"……."

뭐냐, 그 반응은?

오늘만 해도 벌써 두 번째다.

나름 베풀어 왔다 생각했는데, 나를 쪼잔한 놈으로 봐 온 건가?

아무래도 오랜만에 손 좀 풀어야 될 것 같다는 생각에 움직이러는 찰나.

간과하고 있던 한 가지 요소가 행동을 막았다.

"너 언제부터 그렇게 소심해졌냐?"

내가 알기로 정이준은 저렇게 소심한 놈이 아니었는데 말이다.

"……절 죽이겠다는 사람이 또 있어서요. 안 그래도 오늘 여러 번 죽을 뻔했습니다."

"누가 또 널 죽인데?"

"있어요. 아주 무서운 사람이."

정이준은 코를 훌쩍였다.

자식.

홍등가에 들어온 잠깐 사이에 많은 일이 있었구나.

어쩐지 좀 안쓰럽다.

나는 녀석의 어깨를 두드리며 말했다.

"잠화로에 들어와서 지내야 할 때도 많을 테니까 적당히 뽑아서 즐겨."

"오오! 저도 저 안으로 들어가도 되는 겁니까?"

"그래야겠지."

계속해서 잠화로와 야화로를 오갈 수는 없으니 말이다.

나야 이미 정체를 들킨 상태라 상관없다지만, 이준이만큼 은 철저히 감춰야 했다.

엄밀히 말하자면 나보다는 이준이가 더 핵심적인 역할을

수행하는 것이나 마찬가지일 테니까.

"그럼 내일 올 때 돈은 어느 정도 가져오면 됩니까? 전에 말씀하신 금액이면 충분합니까?"

"아니, 기존의 두 배로 가져와?"

"저 안의 기생들이 그렇게 비쌉니까?"

"그것도 그런데……."

다시 생각하니 한숨이 절로 나왔다.

"식충이가 하나 붙어 버렸어."

"식충이라뇨? 저희 말고 누가 더 누가 더 있습니까?"

"아까 못 들었어?"

이 자식 제대로 설명을 안 들었다.

"지영학이 홍등가에 있다고 말했잖아."

"지영학? 지영학. 지영학이라면……."

정이준은 그제야 화들짝 놀라며 말했다.

"그 암부의 무사 아닙니까? 운성에서 우리 방해했던?"

기억한다니 굳이 더 설명할 필요는 없을 것만 같다.

"맞아, 그놈이 달라붙었어."

"어쩌다가요?"

"그러게 말이다."

어쩌다 일이 이렇게 꼬였는지 모르겠다.

"어쨌든 그렇게 알고 있어."

"네, 그럼 전표는 두 배로 뽑아 드리겠습니다."

"그래, 오늘은 여기까지 하자."

필요한 내용은 충분히 이야기했다.

그렇게 생각하며 몸을 돌리려고 할 때.

문뜩 아린이가 떠올랐다.

"아 참, 아린이는 잘하고 있지?"

"네? 아! 그럼요."

정이준은 즉시 고개를 끄덕였다.

"아주 빡세게 규율을 잡고 있습니다."

"호오, 삐져서 아무것도 안 할 줄 알았는데."

이준이만 데리고 잠입한다는 것에 마음이 많이 상한 것 같았는데 멀쩡하다니 다행이다.

"가끔 가서 확인해 줘. 나와 관련된 일이라면 어디로 튈지 몰라서."

"그것 맡겨 주세요."

"믿는다."

"저만 믿으세요. 그럼 내일 다시 뵙도록 하겠습니다."

"변장 도구 잘 챙겨 오고."

정이준은 미소와 함께 고개를 끄덕였다.

그와 함께 나는 등을 돌리며 천천히 걸음을 내디뎠다.

이후 발걸음을 옮길 때마다 입가에 머금어졌던 미소는 사라지고, 표정은 비장감으로 물들어 갔다.

지금은 가볍게 보이지만 이것 또한 왕국의 사활이 걸린 일이다.

'이주원.'

불야성의 성주.

반드시 찾아 응징하고 말리라.

◆ ◇ ◆

"······."

정이준은 걸어가는 대장님의 뒷모습을 바라보다 눈을 질끈 감았다.

'사실 부대장님은 이미 홍등가에 들어왔습니다.'

그걸 제가 도왔고요.

그렇게 말할 수는 없어 습관적 거짓말로 위기를 넘기긴 했지만, 마음이 편한 것은 아니었다.

저 처량한 등과 무거운 똥배를 보라.

대장님의 안쓰러운 모습에 눈물이 절로 앞을 가린다.

하지만······.

'내 잘못이 아니지.'

시키는 대로 움직이는 아랫놈 따위가 어찌 부대장 명령을 거역할 수 있겠는가?

그러니 이건 내 탓이 아니다.

전부 부대장님 탓이지.

"에잇! 몰라, 몰라. 난 몰라."

정이준은 잡념을 떨쳐 낸 뒤 상단주 명패를 확인했다.

"난 임무 잘하고, 돈 잘 쓰면 되는 것이여."

그렇게 정이준은 홍등가의 밤거리를 돌아가기 시작했다.

◆ ◈ ◆

이서하가 잠입하고 바로 다음 날.

대낮부터 한 기방 꼭대기에서 술잔을 기울이던 이주원은 기척을 느끼고는 입을 열었다.

"이서하는 아직 자화루에 있나?"

그의 물음에 전가은이 어둠 속에서 걸어 나왔다.

"네, 오늘도 지영학과 함께 술을 마시고 있다고 합니다."

"지영학?"

"우연히 만났다 들었습니다."

"하."

이주원은 피식 웃고는 말했다.

"그것도 참 엄청난 우연이네."

"그래서 말인데, 지영학에게 이서하의 정체를 알리면 도움이 되지 않겠습니까?"

전가은의 제안에 이주원은 잠시 생각에 잠겼다.

언뜻 들으면 구미가 당기는 말이다.

그러나 자세히 들여다보면 득보단 실이 많았다.

"……넌 암부가 홍등가 편에 설 것이라고 보느냐?"

"적어도 왕국 편에 서진 않을 것 같습니다."

"일반적인 상황이었다면 그랬겠지."

싸움의 주체가 왕국과 은월단이었다면, 암부는 은월단의 손을 들어 주었을 것이다.

이미 왕국과는 돌이킬 수 없는 강을 건넌 집단이니까.

하지만 인간과 나찰의 전쟁이라면?

과연 암부는 전과 같은 결정을 내릴까?

"난 예담 같은 사람을 잘 안다."

현실적이고, 책임을 짊어질 줄 아는 사람.

그런 사람은 결코 도박을 하지 않는다. 자신의 결정에 수천수만의 운명이 좌지우지된다는 걸 잘 알고 있으니까.

그러니…….

"암부는 내 제안을 받아들이지 않을 확률이 높아."

이주원은 그렇게 확신했다.

"그러니 지영학에게는 이서하에 대해 말하지 마라. 그마저 적으로 돌릴 수 있으니."

"네, 방주님."

그렇게 대화를 일단락한 이주원은 술 한 잔을 들이켠 뒤 무거운 한숨을 내쉬었다.

'이번만큼은 도통 믿음이 가질 않는군.'

암부에 동맹 의사를 내비친 건 선생의 계획에 따른 행동이었다.

물론 이주원으로서도 암부와의 동맹이 좋다는 건 충분히 이해하는 바였다.

전력 상승은 물론이거니와 위대한 일곱 혈족이 수도에 총공격을 가할 때도 홍등가를 지켜 줄 테니 말이다.

분명 그보다 좋은 수는 없었다.

그럼에도 가슴속 한편에 자리 잡은 위화감이 좀체 사그라들지 않았다.

'지금까지 해 왔던 방식과는 너무 달라.'

선생은 기다림의 미학을 잘 알고 있었고, 느리지만 확실하게 전진하는 것을 선호했다.

뜻을 이루기 위해 오랫동안 계획을 준비해 왔던 것도 그런 성격에 비롯된 결과였다.

하지만 지금은 어떤가?

같은 편이 되어 줄지 확신할 수 없는 암부에 기대 작전을 진행하고 있다.

기존 방식을 고려하면 급격한 변화라 볼 수 있었다.

변화가 일어난 데에는 이유가 있을 것이고, 대략 두 가지 전제로 유추할 수 있었다.

'그만큼 상황이 나쁘거나 혹은⋯⋯.'

홍등가를 버릴 생각이거나.

이주원은 피식 웃었다.

'선생이 뜻이 그렇다면야.'

결정을 내린 이주원은 전가은을 향해 말했다.

"두 번째 작전으로 가자."

이주원은 거리를 내려다보았다.

홍등가.

버려진 자들의 도시.

불꽃처럼 화려하고, 시궁창처럼 더러운 곳.

"홍등가는 내가 지켜야지."

그리고는 미소와 함께 말했다.

"자수를 준비해라."

홍등가가 확실하게 살아남는 법.

그것은 이주원이 죽는 수밖에 없었다.

홍등가에 들어온 지도 어느새 나흘째.

나는 잠에서 깨자마자 묵은 때를 벗겨 내듯 거치적거리던 분장을 벗어 던졌다.

온몸을 억압하던 요소들이 사라지며 해방감이 찾아왔다.

'이제야 좀 살 것 같네.'

이후 온수로 몸을 적시니 상쾌함까지 더해지며 이루 말할 수 없는 만족감이 차올랐다.

하지만 그것도 잠시.

행복했던 시간은 쏜살같이 지나갔고, 여지없이 그에 따른 대가를 지불할 수밖에 없었다.

이서하가 아닌 윤학이라는 이름의 지방 상인으로 돌아가야 했으니 말이다.

또다시 몇 시진이 소요되는 지루함에 한숨이 흘러나왔다.

'매미랑 다를 게 뭐야?'

오랜 시간 인고하지만, 성충으로 보낼 수 있는 기간은 고작해야 한 달 정도.

찰나의 행복을 느끼기 위해 불편함을 감내해야 하는 내 모습이 유충기의 매미와 별다른 것 없게 느껴졌다.

'쓸데도 없는 이 똥배는 왜 만들어 가지고.'

처음엔 그러려니 했지만 같은 과정을 반복하다 보니 거추장스러웠다.

굳이 이렇게까지 안 해도 될뿐더러 시간만 잡아먹는 요소였으니 말이다.

하지만 이런 변장과 똥배보다 나를 더 괴롭게 만드는 것이 있었으니, 그것은 바로…….

"오, 대인! 이른 아침부터 나갔다 오는 것이오?"

한 손에 술병을 들고 자화루 밖으로 나오고 있는 사내.

보는 것만으로도 관자놀이를 욱신거리게 만드는 지영학이

었다.

그럼에도 나는 애써 태연함을 연기하며 인사를 받았다.

"그러는 무사님은 아침부터 술입니까?"

"이건 해장술이오."

해장술 같은 소리 하네.

하고많은 음식을 놔두고 굳이 술로 해장하는 이유는 또 뭔가.

그것도 한 병에 50냥짜리나 되는 비싼 술로 말이다.

'작전이고 뭐고 천광 가져와서 목을 날려 버려?'

마음 같아서는 당장이라도 저놈을 눈앞에서 치워 버리고 싶었다.

회귀한 의의도, 홍등가에 잠입한 목적까지도 망각하게 만들 만큼 불쾌한 존재란 뜻이었다.

그렇게 짜증을 가득 담아 지영학을 바라볼 때.

'……어라?'

평소와 다른 모습이 뒤늦게 시야에 들어왔다.

홍등가에서 재회했을 때부터 술을 마시고 잠에 든 어제까지, 지영학의 모습은 한결같았다.

앞섶을 풀어헤친 차림에 줄곧 맨발로 생활해 왔었으니까.

그런데 지금은 시정잡배나 다름없던 면모를 어디에서도 찾아볼 수 없었다.

운성에서 처음 마주했던 그때처럼 단정한 차림을 갖추고 있었기 때문이다.

"어디 가십니까?"

"잠시 만날 사람이 있어서."

혹시나 싶어 물어봤는데, 예상치 못한 희소식이 들려왔다.

이제까지 지영학이 했던 말들 중 가장 반가운 소리.

이참에 완전히 꺼져 주면 좋겠는데 말이지.

나는 미소와 함께 말했다.

"다시 돌아올 필요는……."

"호위는 계속할 테니 걱정하지 마시오. 대인이 홍등가에 있는 동안은 호위해 준다고 했으니."

"……."

"그럼."

지영학은 손을 들어 보이며 멀어졌다.

그 뒷모습을 바라보며 나는 간절히 기도했다.

제발 저놈이 다시 돌아오는 일이 없기를 바라며.

그렇게 잠시나마 절대적 존재에게 바람을 전하고서 자화루 내부로 걸음을 내디뎠다.

직후 나를 맞이한 것은 고요함만이 가득한 내부 정경.

'몇 번을 겪어도 참 어색하단 말이지.'

본디 아침이란 시간은 하루를 시작하는 사람들로 인해 부산스럽다.

그러나 그건 일반적인 경우에 해당되는 일.

이곳은 밤의 왕국 홍등가가 아니던가.

다들 밤을 뜨겁게 불태웠을 테니 지금은 꿈속에서 또 다른 행복을 찾아 헤매고 있겠지.

그렇다고 기방의 사람들까지 휴식을 취하는 건 아니었다.

매우 드물지만 나처럼 아침밥을 찾는 손님이 존재했기 때문이다.

그렇게 식당의 한편에 위치한 곳에 앉자 한 여자가 다가와 말했다.

"주문하시죠."

"계란죽 하나."

"밤에는 그리도 돈을 쓰시더니 아침에는 고작 계란죽입니까? 가진 돈에 비해 검소하시네요."

전날과 달리 종업원이 말이 많다. 이에 나는 의문을 가지고 시선을 돌렸다.

발목 위까지 올라오는 가벼운 치마. 보라색 두견화가 수놓인 하얀 저고리는 몸매를 돋보이게 만들었으며, 자색 비녀로 쪽 진 머리를 고정하며 운치를 더했다.

거기에 그 누구라도 현혹될 미소를 머금으며 화룡점정을 이뤘다.

그러나 내가 놀란 것은 그 때문이 아니었다.

종업원의 정체는 이 기방에 도착했을 당시 지영학과 언쟁을 하고 있던 여자.

자화루의 방주, 이매였으니 말이다.

"……."

"금방 가져오겠습니다."

당황한 탓에 선뜻 답하지 못했으나, 그녀는 아무 일도 없다는 듯 주방 안으로 들어갔다.

"뭐야?"

상식적으로는 이해가 안 가는 상황이었다.

이렇게 이른 아침에 주방의 일을 도맡는 건 견습 혹은 신입 기생들이었다.

그런데 왜 저 여자가, 자화루의 총책임자인 방주가 이 자리에 있는 것일까?

영문을 알 수 없는 상황에 혼란해진 것도 잠시.

나는 그 이유를 금세 알아챌 수 있었다.

'나를 기다렸구나.'

기방에 온 이후 나는 꼬박꼬박 조식을 챙겨 먹었다.

이준이와 만나 정보를 교환하고 나면 아침 식사를 하기에 좋은 시간이었기 때문이다.

'내 존재를 알고 있으면서 이 시간엔 항상 혼자 있다는 것도 전해 들었을 테니…….'

굳이 방주가 고생을 자처하면서까지 나타날 이유는 하나밖에 없었다.

'윤학이 아닌 이서하를 찾아왔다는 셈이겠지.'

안 그래도 어떻게 하면 이매를 만날 수 있을지 고민하던 차였다.

그런데 이렇게 직접 찾아와 주니 나로선 고마운 일이었다.

내가 원했던 것처럼 그녀도 다른 사람의 시선을 의식하지 않고 대화를 나눌 기회를 노리고 있었던 것이다.

그렇게 잠시 상황을 정리할 때, 이매가 계란죽을 내려놓으며 맞은편에 앉았다.

"드시죠."

"이거 참, 방주님이 요리를 다 해 주고. 영광이네."

"제가 한 요리는 아닙니다. 그저 가지고 왔을 뿐."

"가져다준 것만으로도 좋은 일 아닌가?"

나는 최대한 음흉하게 웃었다.

상대는 내 정체를 알고 있고, 어떠한 의도를 품고 일부러 접근해 왔다.

그러니 정체가 탄로 난 걸 모르는 것처럼 행동할 필요가 있었다.

그래야만 상대의 수를 역으로 이용할 수 있을 테니 말이다.

하여 수저를 들어 천천히 계란죽을 떠먹었다.

뜨겁지도, 차지도 않은 적당한 온기.

간 또한 적절하게 조절되어 있어 아침 식사로 부담 없이 즐기기엔 딱이었다.

독을 탄 것도 아닌 듯하고.

그렇게 아무 말 없이 계란죽을 반쯤 비웠을 무렵.

이쯤이면 뜸도 적당히 들었을 것이라 생각한 나는 은근슬쩍 물음을 던졌다.

"그래서, 우리 방주님께서 이른 아침에 어인 일로 이곳을 찾아오셨나? 설마 날 기다렸나?"

"어머, 어떻게 아셨습니까?"

"그런 눈치도 없이 어떻게 상인이 될 수 있으려고."

"돈만 많은 줄 알았더니, 생긴 것과 달리 명석하시군요."

"그건 방주도 마찬가지 같은데? 돈만으로는 만날 수 없는 여자라더니, 그것도 순 거짓부렁이었어."

나의 도발에 이매는 빙긋 미소를 지었다.

"걱정이 많아 잠을 이룰 수 없어 대화 상대를 찾아다니고 있었습니다."

"우리 아름다운 방주님에게도 걱정할 게 있나? 돈도, 권력도, 외모도 모든 걸 가졌는데."

"어머, 그렇게 생각하십니까?"

그때, 밝게 웃던 이매의 표정이 얼음장처럼 차가워졌다.

"하지만 그렇다 한들 국왕 전하의 명령 한 번에 꺾일 들꽃과도 같은 존재 아니겠습니까?"

"……."

이매의 변화에 나는 놀랄 수밖에 없었다.

그녀가 뿜어내는 노골적인 살기 때문이었다.

어떻게 무공도 배우지 않은 여자가 이리도 강한 살기를 보일 수 있을까?

그렇게 잠시.

이매와 눈을 마주치던 나는 호탕하게 웃었다.

"하하하, 그게 무슨 소리인가? 국왕 전하가 홍등가를 어떻게 하기라도 한다는 것처럼 들리는데."

"그런 소문이 돌고 있습니다."

소문이라 언급했으나 목소리엔 확신한다는 의지가 담겨 있었다.

이를 증명하듯 이매는 부담스러울 정도로 나를 빤히 쳐다 봤다.

"국왕 전하께서 홍등가를 지도에서 없앨 계획을 품고 계시다 하더군요."

"에이, 뜬소문이겠지. 이유도 없이 그러실 리가 없지 않나?"

"그 말은, 이유가 있다면 그렇게 해도 된다는 것처럼 들리는군요."

"그건……."

그런 의도가 아니었음을 밝히려 했으나, 그보단 이매의 반응이 빨랐다.

그녀는 나를 비웃듯 입꼬리를 말아 올렸다.

"하긴, 대인도 그리 생각하시는데 고귀한 국왕 전하께선 오죽하시겠습니까? 같은 인간이라 생각지도 않으실 테고, 가축 따위나 다름없는 천민이니 죽이는 데 죄책감을 느끼실 리 없겠죠."

그리고는 쓸쓸한 얼굴로 말을 이어 갔다.

"우리에게서 인간의 존엄성을 빼앗아 간 것으로도 모자라 이제는 가족마저 뺏어 가려 하는군요."

그 말을 끝으로 이매는 지그시 시선을 보낼 뿐이었다.

그로부터 얼마 지나지 않아 이매가 자리에서 일어났다.

"이런, 식사 중에 할 얘기는 아니었는데 제가 실례를 범했 군요. 그럼 맛있게 드시고 편히 쉬시길 바랍니다."

멀어져 가는 이매의 뒷모습에서 쉽사리 시선을 떼지 못했다.

그녀의 눈동자에 뒤엉켜 있던 여러 감정들이 내 마음속까지 혼란스럽게 만들어 놓았기 때문이다.

"후우."

나는 계란죽을 한술 떠 입 안에 집어넣었다.

식사에 집중하는 것으로 지금의 감정을 떨쳐 내려는 의도였다.

그러나 그 계획은 바로 실패했다.

전과 달리 계란죽이 쓰게만 느껴졌기 때문이다.

나는 바로 수저를 내려놓았다.

계란죽이 식으며 맛이 변한 게 아니라, 이를 대하는 나 때문이었으니 말이다.

'신유민 전하는 진짜로 홍등가를 학살하려는 것일까?'

그럴 리 없다는 생각엔 지금까지도 변함은 없다.

하지만, 사람 일은 누구도 모르는 법이다.

세상에 변하지 않는 사람이 존재할 리 없으니까.

믿어 의심치 않았던 정해우의 배신.

그리고 동시에 이루어진 나찰의 습격과 양천에 불어닥친 피바람.

연이어 닥친 일들이 그의 심경에 어떤 작용을 일으켰을지 확신할 수 없다.

기존에 알던 전하와 지금의 전하가 동일하느냐는 물음에 선뜻 대답할 수 없는 이유도 그 때문이다.

'만약 전하의 뜻이 정말로 그러하다면 난 어떤 선택을 해야만 하는 것일까?'

그러나 아무리 고민해 본들 당장 답을 내리지 못하는 문제였다.

그렇게 심란함만 가득 품은 채 나는 방으로 돌아왔다.

지영학과 기생들이 떠난 방은 깔끔하게 정리되어 있었다.

복잡한 내 머릿속과 너무도 대조되게 말이다.

그 때문에 더욱 짜증이 일었지만, 나는 감정을 억누르며 마음을 다잡았다.

아무리 심경이 복잡하고 답답한 상황일지라도, 내가 할 일은 명백했으니 말이다.

그렇게 방문을 닫으며 외부와의 연결을 차단한 나는 빈 공간에 대고 말했다.

"나오셔도 됩니다."

그와 동시에 천장에서 한 사람이 내 앞으로 떨어져 내렸다.

이번 작전의 핵심 인물이라 할 수 있는 후암의 전가은.

그녀가 약속하지 않은 시기에 찾아온 것이다.

그것을 알기 때문인지 그녀는 고개를 숙인 뒤 입을 열었다.

"급히 보고드릴 게 있어 찾아뵀습니다."

"괜찮습니다. 아주 적절한 시점에 오셨으니까요. 지영학이 드디어 떨어져 나갔거든요."

지영학이 있을 때는 전가은과 긴 대화를 나눌 수 없었다. 거머리처럼 달라붙는 통에 한두 마디를 나누는 것조차 힘들었으니 말이다.

"그보다, 급한 보고란 게 무엇입니까?"

"이주원을 만났습니다."

나는 잠시 할 말을 잃을 수밖에 없었다.

예상을 한참이나 뛰어넘는 충격적인 보고였으니 말이다.

"……정말입니까?"

도저히 믿을 수가 없었다.

이주원이 누군가?

지금까지 그 어떤 정보 단체도 정체를 파악할 수 없었던 홍등가의 왕.

그런데 잠입을 시도한 지 고작 나흘 만에 그에 대해 알아냈다고 하면 그 누가 고개를 끄덕거리며 받아들이겠는가.

하지만 전가은은 목소리 변화 없이 담담하게 말을 이어 갔다.

"선인님이 주신 정보가 주요했습니다."

"아무리 그래도……."

내 정체를 밀고하는 것과 더불어 난 백성엽 장군의 허가 아래 모든 군사 기밀 및 홍등가 작전까지 전가은에게 넘겨주었다.

그러니 그녀가 신뢰를 쌓기엔 무리가 없을 것이라 판단했다.

하지만 그것과 이주원의 정체를 알아내는 건 별개의 문제였다.

아무리 중요한 정보를 가져다 바친다 한들 지금까지 꽁꽁 숨어 있던 이주원이 정체를 밝힌다는 게 현실적으로 가능한 일일까?

오히려 일이 너무 쉽게 풀리는 것이 불안하게 느껴질 수밖에 없었다.

그런 내 생각을 읽은 것인지 전가은이 빠르게 설명을 덧붙였다.

"제가 홍등가 출신이라는 점이 주요했습니다. 홍등가의 이들은 서로를 가족이라고 생각하니까요."

"……그렇습니까?"

일전에도 한번 들어 본 말이었고, 조금 전 자화루의 방주 이매도 같은 얘기를 했었다.

그 말은 홍등가의 이들에겐 끈끈한 유대감이 형성되어 있다는 뜻일 것이다.

"결론은, 이주원의 정체를 알아냈다는 것이네요."

"네, 그렇습니다."

"그럼 지금 당장 이주원을 잡아 백성엽 장군에게 넘기도록 하죠."

"그것이……."

전가은은 잠시 머뭇거리더니 말을 이어 갔다.

"무례인 줄 알지만, 제 생각을 말씀드려도 되겠습니까?"

"그러시죠."

"이주원 방주는 자신이 희생하지 않는다면 홍등가가 사라진다는 것을 잘 알고 있습니다. 하여 자수를 하는 쪽으로 마음을 굳혔습니다."

"그 말을 믿어도 되는 겁니까?"

전가은을 불신한다기보다는 이주원에 대한 의심 때문이었다.

그의 발언이 거짓일 가능성을 배제할 수 없지 않은가?

사람들에게는 자수한다고 말한 뒤 몸을 숨길 수도 있는 일이었다.

만약 그런 상황이 벌어진다면 홍등가 전원의 몰살이 확정되어 버린다.

그렇기에 나는 의혹의 여지가 남아 있는 이상 어떠한 경우도 확신해선 안 됐다.

수많은 이들의 목숨을 짊어진 만큼 안전한 길만을 골라야 했으니 말이다.

"그가 약속을 지킨다는 보장이 없으니, 현재로선 우리가 붙잡아 데리고 가는 것이 최선입니다."

"물론 선인님의 말이 맞습니다. 하지만 그에 따른 문제까지 고려해 보셨습니까?"

가면에 가려 표정을 읽을 수 없었지만, 그녀의 입가에선 단호한 감정이 묻어 나왔다.

"이주원은 홍등가의 아버지와도 같은 존재입니다. 그를 억지로 잡아간다면 분명 홍등가에서 반란이 일어날 겁니다."

"……그것도 그렇네요."

범부의 입장이라면 그럴 리 없다고 여길 것이다.

하지만 전가은과 이매가 보인 반응을 고려하면 절대로 간과해선 안 되는 문제였다.

'이매가 보인 반응만 봐도 사실이겠지.'

평범한 여인의 것이라곤 여기기 힘들 정도의 살기.

그리고 가족마저 빼앗아 가려 한다는 경고와 함께 드러냈던 결의까지.

피가 섞이지 않았음에도 서로를 친가족처럼 여기는 마음도 진실이고, 모든 구성원들이 아버지로 여기며 의지한다는 것도 사실일 것이다.

'그런 사람을 억지로 끌고 가면 반감을 갖는 것에서 그치지 않겠지.'

홍등가 사람들은 목숨을 걸고서라도 그를 지키려 할 것이었다.

결국 수많은 희생이 뒤따를 것이라는 뜻.

나로서는 난처하기 그지없는 상황이었다.

'생각해라. 뭐가 최선인지.'

굳이 자수를 생각하는 사람을 억지로 잡아들이며 긁어 부스럼을 만들 필요는 없다.

하지만 그렇다고 이주원이 자수할 때까지 마냥 기다리는 것도 안 된다.

시간을 끌 용도로 던진 수일지도 모르고, 그가 정말 자수할 것이란 보장도 없으니 말이다.

그렇게 장고를 거듭한 끝에 한 가지 계획을 세울 수 있었다.

무엇도 확실하지 않다면, 적어도 기간을 한정해 둔다.

"그렇다면 이렇게 하시죠. 삼 일 내에 이주원의 정체를 파악하지 못하면 백성엽 대장군이 움직일 것이라는 내용을 흘려 주세요. 만약 진짜로 자수할 생각이라면 그 전에 움직일 겁니다."

그때까지도 아무런 움직임을 보이지 않는다면 그때는 미련 없이 추포에 나선다.

큰 반발이 뒤따르겠지만, 홍등가 전체의 몰살에는 비할 수 없겠지.

"그리하겠습니다. 그럼……."

"아, 잠깐만요."

나는 사라지려는 전가은을 붙잡아 세웠다.

"이주원이라는 그자는 어떻게 생겼습니까? 제가 아는 것이라고는 나이에 비해 어려 보이며 대단한 미남이라는 것밖에는 없어서 말입니다."

"굉장한 미형의 남성이었습니다. 장발에 백옥 같은 피부, 그리고 주름조차 없었습니다."

"그것만으로는 조금 부족합니다. 혹시 그림으로 그려 주실 수 있습니까?"

많은 후암의 단원들은 뛰어난 그림 실력 또한 갖추고 있었다.

글이라는 건 해석하는 이에 따라 차이를 보일 수밖에 없었으니 말이다.

하여 그림으로 표현함으로써 의사 전달을 보다 명확하게 하기 위함이었다.

"물론입니다. 종이와 붓을 주시겠습니까?"

"여기 있습니다."

기방에서 종이와 붓을 찾는 건 크게 어려운 일도 아니었다.

시를 짓고 읊고 노는 게 문관 놈들의 술자리 행태였으니 말이다.

그렇게 방 안의 지필을 전달한 지 얼마 지나지 않았을 때.

전가은은 한 장의 종이를 내밀며 말했다.

"그자가 바로 이주원입니다."

"호오."

분명한 미남이다. 나이가 들어 보이긴 하지만 금수란이 나에게 말해 줬던 내용과 크게 다르지 않았다.

나는 초상화를 돌돌 말아 품속에 넣었다.

"이것은 백성엽 대장군께 보내도록 하겠습니다. 진짜 이주원이 자수를 한 건지 확인할 방법이 필요하니 말입니다."

"네, 선인님. 그럼 저는 다시 돌아가 보도록 하겠습니다."

볼일을 마치자마자 떠나려는 전가은을 향해 그간 마음속에 품어 뒀던 한마디를 던졌다.

"이 왕국과 홍등가를 위해 큰일을 해 주셔서 감사합니다."

"……전 그저 맡은 임무를 수행할 뿐입니다."

그 말을 끝으로 전가은이 떠난 후.

나는 품속의 초상화를 다시금 펼쳐 보았다.

확실히 미남이기도 하고, 들었던 내용과 크게 다르지도 않다.

하지만…….

"생각보다 많이 다르게 생겼는데?"

난 그렇게 중얼거리며 전가은이 사라진 어둠 속을 바라볼 뿐이었다.

◆ ◈ ◆

낙화루.

그 어떤 손님도 찾지 않는 폐허.

하지만 어린 기녀들에겐 교육의 장소이자 육체의 상처로

더 이상 기생으로 활동할 수 없는 이들에겐 새로운 삶의 기회 마련해 주는 제공처.

그곳의 입구로 한 여자가 인상을 찡그린 채 들어왔다.

자화루의 주인, 이매였다.

낙화루의 마당을 쓸고 있던 견습 기녀가 그녀를 발견하자마자 화들짝 놀라며 앞으로 달려 나왔다.

"안녕하십니까? 이매 방주님."

"비켜."

이매는 거칠게 기녀를 밀쳐 낸 뒤 쓸어져 가는 건물 안으로 들어갔다.

"미월 있느냐!"

그와 동시에 주방에서 한 여인이 걸어 나왔다. 지팡이를 휘저으며 이매를 향해 다가온 그녀는 고개를 갸웃하며 물었다.

"어인 일로 이렇게 일찍 오셨습니까?"

양 눈의 상처로 더 이상 앞을 보지 못하게 되었지만 낙화루의 방주에 오른 인물.

낙화루의 방주, 미월이었다.

"방주 회의까진 아직 한 시진이나 남지 않았습니까."

방주 회의.

홍등가의 대소사를 결정하는 자리라 해도 과언이 아닌 회의로, 정해진 기간이 되면 순번에 따라 순차적으로 장소가 변경되었다.

하지만 이런 규칙에도 예외는 있었다.

긴급한 사안이 있을 경우엔 굳이 언급하지 않아도 모든 방주들이 낙화루로 향했다.

유일하게 영업을 하지 않는 기방인 만큼 언제든 모이기 쉬웠기 때문이었다.

그렇기에 이매가 낙화루로 찾아온 것과 이곳에서 회의가 열린다는 말은 곧 시급히 논해야 할 만큼 홍등가에 큰 문제가 발생했다는 뜻이었다.

"정말 몰라서 묻는 것이냐?"

이매는 인상을 찌푸렸다.

이주원과 가장 가까운 기생을 꼽으라면 모든 방주들은 미월을 지목했다. 그가 사적으로 찾는 기생은 미월이 유일했기 때문이다.

그런 그녀가 현재 이주원 방주가 무엇을 계획하고 있는지 모를 리가 없었다.

"방주님은 어디 있지?"

"당신 눈앞에 떡하니 있는데 어찌 다른 데서 찾으십니까?"

"지금 말장난을 할 때로 보이느냐! 네년이……."

심각한 상황에 말장난이나 치고 있으니 짜증이 치솟아 소리를 지르려던 이매였다.

하지만 한순간 말을 멈출 수밖에 없었다.

미월의 얼굴이 얼음장처럼 차갑게 돌변했기 때문이다.

그 상태로 지팡이를 휘저어 천천히 곁으로 다가왔다.

이윽고 지팡이가 이매의 다리를 툭툭 치고 나서야 미월은 걸음을 멈추었다.

"경거망동하지 마세요. 보는 눈이 많습니다."

낙화루에서 이주원을 직접 만날 수 있는 존재는 방주 미월뿐.

다른 이들은 이주원이 방주이자 홍등가의 주인임을 알지 못했다.

미월은 그 부분을 지적하고 나선 것이다.

그제야 제 실수를 인정한 이매는 누구도 들을 수 없도록 작은 목소리로 말했다.

"오라비는 어디 계시냐?"

"오라비를 찾는 것이라면 지금 방에서 쉬고 계십니다. 어차피 한 시진 후 회의에서 뵐 수 있을 터이니 휴식을 방해하지 않으셨으면 합니다."

"참으로 태평하구나. 눈이 멀어서 그런지 정말 한 치 앞도 보지 못하는 것이냐?"

이매의 고운 이마에 굵은 주름이 자리 잡았다.

긴급히 방주 회의를 소집하겠다며 전해 온 것은 쪽지 한 장.

그 안에 적힌 내용은 더 가관이었다.

-자수를 할 생각이니 모두 회의에 참석해라.

고작 이 한마디가 전부였으니 말이다.

이서하한테까지 짜증을 내고 이곳으로 달려온 것도 감정이 격해져 벌어진 일이었다.

"너는 그럴 수 있을지 모르겠으나, 나는 아니다."

이주원이 죽는다. 그 미래가 뻔히 보이는데 어찌 가만히 있을까?

'우리를 어떻게 생각하고…….'

기생(妓生).

노래와 춤, 시와 학문을 배우며 흥을 돋우는 것을 업으로 삼는 여자들을 칭하는 말이었다.

그리고 기생들 중 최고들만이 모인 곳이 바로 수도 천일에 자리 잡은 홍등가였다.

아름답고, 현명하며, 그 누구도 건드릴 수 없을 정도로 고고하기까지 했으니까.

혹자들이 홍등가의 기생들을 가리켜 해어화(解語花)라 부른 이유도 그 때문이었다.

그러나 팔려 온 이매가 마주한 홍등가의 실체는 소문과 매우 달랐다.

형형색색의 꽃들이 아름다움을 뽐내며 나비와 벌을 유혹하는 꽃밭이 아니었다.

예술인으로서 취급하던 대우도 사라진 지 오래.

지금의 홍등가는 여자들의 무덤, 그 자체였다.

하루 잘 수 있는 시간은 기껏해야 2시진이 최대.

그 외에는 술을 따르는 법부터 노래와 춤, 그리고 남자를 기쁘게 하는 방법을 배우는 등 살인적인 일정으로 가득했다.

처음엔 어떻게든 버텼지만, 사람마다 특성이 달라 낙오자가 발생하는 건 당연한 수순이었다.

그에 따른 대가는 사흘간 창고에 갇혀 강제로 식음을 전폐당하는 것.

이 한 번의 낙오는 올가미가 되어 서서히 수렁으로 끌고 들어갔고, 종국에는 죽음에 이르게 만들었다.

그렇게 수없이 많은 소녀들이 꽃도 피우지 못하고 져 버린 지 한참이 흘렀을 무렵.

초인적인 힘을 발휘하며 가까스로 버텨 낸 소녀들은 마침내 기생이 되었다.

그러나 고생 끝에 온다던 낙은 눈을 씻고 봐도 찾아볼 수 없었다.

힘겹게 버티고 버텨 기생이 되었건만.

그녀들을 기다리고 있는 건 쉬지 않고 일하다 망가지면 버려지게 되는 삶이었다.

매일을 감정 없는 인형처럼 살아가야 하는.

그런 쳇바퀴 같은 인생에서 벗어날 수 있는 방법은 단 하나뿐이었다.

돈 있는 남자의 눈에 들어 첩이 되는 것이었다.

물론 그렇게 나가 봤자 안방마님의 손에 독살이나 당하지 않으면 다행이지만 말이다.

그렇게 꿈도 희망도 없는 삶을 살아가던 중.

뜻밖의 상황이 벌어졌다.

자신과 비슷한 시기에 팔려 온 남자.

심지어 홍등가 최악의 기방으로 거론되는 낙화루에 배치된 남창으로 의미를 두는 것조차 사치였던 인물.

그러나 이매의 생각과 달리, 단기간에 기예를 습득한 그는 화려한 외모와 언변을 바탕으로 권력자의 환심을 사 순식간에 방주에 올랐다.

직후 암부와 나찰을 동원해 홍등가의 기존 권력자들을 눈 깜짝할 사이에 제거해 버렸다.

새로운 밤의 왕이 탄생한 것이다.

그럼에도 이매는 대수롭지 않게 생각했다.

어차피 수탈하는 자가 바뀌었을 뿐.

착취는 계속될 것이라 생각했다.

일개 기생에 불과한 그녀에게는 다른 세상의 이야기나 마찬가지였던 것이다.

그러나 그런 이매의 예상은 철저하게 빗나갔고, 홍등가에 들어선 이후 단 한 번도 꿈꿔 보지 못한 광경들이 펼쳐졌다.

겨우 목숨만 연명할 정도의 월급만을 받던 기생들이었다.

그런데 소속된 기방에 5할의 수수료만 낸다면 나머지는 성과급으로 지급하겠다고 천명했고 이를 실행에 옮겼다.

모은 자금으로 빚을 변제하며 자유를 되찾을 수 있는 기회를 얻게 된 것이다.

또한 과도했던 접대 시간이 줄어들며 여유가 생겼고, 배움의 문도 활짝 열렸다.

비천한 기생의 신분에서 벗어날 경우 새로운 삶을 영위할 수 있다는 말이었다.

물론 원한다면 기생으로 남아 방주까지 노릴 수 있는 가능성도 열려 있었다.

과거의 홍등가라면 상상조차 할 수 없던 일들.

그것을 가능케 만든 존재가 바로 이주원이었다.

별 볼 일 없다 여겼고, 흔해 빠진 남창이라 치부했던 사내.

그런 그가 희망조차 없는 나락에서 끌어올려 주었고, 어두컴컴하기만 했던 홍등가에 찬란한 광채를 일으켜 주었다.

이주원은 그런 사람이었다.

고통의 늪에서 절망하던 기생들에겐 구원자이자 귀인이나 다름없는 것이다.

과거를 회상하던 이매는 입술을 깨물었다.

'내 목에 칼이 들어와도…….'

절대로 두 손 놓고 그를 보내지 않을 것이다.

그것은 다른 방주들 또한 마찬가지일 터.

이매는 미월을 노려보며 말했다.

"굳이 안내할 필요 없다. 내 직접 올라가 보면 될 일이니."

미월은 작게 한숨을 내쉬었다.

"그러시죠."

눈이 멀어 움직임이 둔한 그녀가 이매를 막을 수는 없는 노릇이었다.

그렇게 강제로 허락을 받아 낸 이매는 서둘러 걸음을 옮겼다.

이주원을 찾는 건 어렵지 않았다.

그가 있을 곳은 낙화루의 최상층.

5층의 공간은 오로지 이주원만이 사용하는 공간이었으니 말이다.

예상대로 낡고 누추한 공간엔 이매가 그토록 찾아 헤매던 존재가 자리하고 있었다.

"실례하겠습니다."

창가에 기대어 하늘을 바라보던 이주원이 이매를 힐끗 보고는 미소 지었다.

"일찍 왔네?"

아무렇지도 않게 대꾸하는 모습에 이매는 짜증을 주체하지 못하고 목소리를 높였다.

"도대체 지금 무슨 짓을 하시는 겁니까?"

흥분한 이매와 달리 이주원은 능청스럽게 대답했다.

"뭘?"

"정말이지 어이가 없군요. 그렇게 한가롭게 장난을 칠 때입니까?"

이매가 성큼성큼 걸어와 이주원의 앞에 멈춰 섰다.

"다 같이 맞서 싸우자고 하지 않으셨습니까? 그런데 자수라니요. 정녕 저희가 그걸 원할 거라 생각하십니까?"

"아니, 너희는 날 지키려 하겠지."

"잘 아시네요. 그것이 방주들, 그리고 홍등가의 모든 기생이 바라는 바입니다."

"에이, 모든 기생은 아니지. 너희처럼 오래된 기생들을 제외하면 내 이름도 잘 모를걸?"

"그거야 당신이 은둔해서……."

이매는 작게 한숨을 내쉬며 흥분을 억눌렀다.

말꼬리를 잡는 것에 대꾸하다 보면 이주원의 의도대로 끌려다닐 수밖에 없었다.

"다시 생각하세요. 우리는 오라버니를 보낼 생각이 없습니다."

"그럼 어떻게 하게?"

순간 이주원의 얼굴에서 장난기가 싹 사라졌다.

"내가 자수를 하지 않으면? 그것 말고 다른 방법이 있나?"

"암부와 방주님이 속한 단체의 나찰들이 도와준다면……."

"그쪽 전쟁 준비로 바쁠 나찰이 과연 우리를 도와줄까? 그리고 암부라…… 제안을 건넸는데 아직도 대답이 없어. 이게 무슨 뜻인지는 굳이 설명하지 않아도 알겠지."

이매의 계획을 논리적으로 깨 버린 이주원은 틈을 주지 않겠다는 듯 제 생각을 계속해서 밝혀 갔다.

"그리고 백성엽이 얼마나 기다려 줄 거 같아? 일주일? 나흘? 아니, 당장 내일 쳐들어와도 이상하지 않지."

이주원이 아는 백성엽이라면, 충분히 그러고도 남았다. 자신의 이상을 위해서라면 서슴없이 악행을 자처할 사람이니까.

"백성엽은 왕국의 고수들을 다 끌고 와 우리를 도륙하겠지. 홍등가에 들어와 있는 이서하도 이에 동참할 거고. 그들을 우리만으로 막을 수 있을까?"

"……불가능하겠죠."

"그래, 결국 다 죽게 되는 거야. 너나 나뿐만 아니라 홍등가의 사람 모두가."

"그러면 다 같이 죽으면 됩니다."

"신념을 위해 죽는다라…… 좋은 일이야. 나도 그렇게 반대하지 않고. 하지만……."

이주원은 다시금 창밖으로 시선을 돌렸다.

슬슬 사람들이 기어 나오고 있었다. 이를 배웅하는 것은 견습 기생들의 몫이었다.

"저 아이들도 그래야 한다고 생각해? 너희가 그렇게 생각한다 해서 저들의 마음도 같을 거라 확신할 수 있어?"

"……."

"그리고, 저 어린 애들이 무슨 죄를 지었기에 죽어야 하지?"

이주원의 물음에 이매는 침묵할 수밖에 없었다.

이주원과 연이 있는 이들은 방주들처럼 오랜 시간을 홍등
가에 머문 기생들뿐.

견습이나 막 기생이 된 이들은 지금의 이주원과 깊은 관계
라 할 수 없었다.

각자 상처로 가득한 사연을 안고 홍등가에 들어와 서로를
가족이라 여기며 아끼고 있을 뿐이었다.

그런 이들에게 얼굴도 모르는 이주원을 위해 죽어 달라 설
득할 수 있을까?

절대로 쉽지 않을 것이다.

그것은 지독히도 원망했던 과거 홍등가의 지배자들이나
할 법한 행동이었으니 말이다.

그렇게 머뭇거리는 이매를 향해 이주원은 미소를 지어 보
였다.

"봐, 너도 알고 있잖아. 나 하나만 죽으면 모두가 행복해질
수 있다는 걸."

"……하지만."

"그렇다고 아무런 계획도 없이 무의미하게 죽어 줄 생각은
없어. 자수하는 조건으로 너를 새로운 홍등가의 주인으로 세
워 달라 제안할 생각이다. 신유민은 영리한 사람이니 내 제안
을 거절하지 못할 거야."

혼란스러울 홍등가를 안정시킬 최선의 방법이니 말이다.

이주원은 이매의 어깨에 살포시 손을 얹었다.

"넌 잘할 수 있을 거다. 앞으로도 홍등가를 잘 부탁할게."

"……."

이매는 부들부들 떨다가 몸을 돌렸다.

"……절대로 그냥 보내지 않을 겁니다."

이주원은 대답 없이 미소를 지어 보일 뿐이었다.

그렇게 이매가 밖으로 나간 직후.

어느새 이주원의 곁에는 전가은이 서 있었다.

그녀는 이매가 나간 문을 바라보며 입을 열었다.

"방주들에게 말씀하시지 않은 것입니까?"

전가은은 이주원을 바라보며 말을 이었다.

"……대역을 세운다는 것을."

이주원은 미소를 지었다.

"당연하지."

"왜 그러신 겁니까? 걱정을 많이 할 겁니다."

"어쩔 수 없어."

이주원은 침대에 가 앉았다.

"적을 속이려면 아군부터 속이라고 하잖아. 내가 진짜로 자수하는 줄 알아야 방주들도 그에 맞는 반응을 보여 주지 않겠어?"

자수의 신빙성을 높이려는 것이었다.

"기생들이 모여 나를 살려 달라고 시위라도 해야 '자수한 놈이 진짜 이주원이구나.' 하겠지."

이서하, 백성엽, 그리고 신유민까지. 세 사람 모두 신중하기로는 둘째가라면 서러워할 사람들이다.

속이려면 그만한 준비를 해 둬야만 한다.

"이서하는 어떻게 반응했지?"

"역시나 신중합니다. 삼 일 이내로 자수하지 않으면 백성엽 대장군이 움직일 거라고 기한을 정했습니다."

"그럼 삼 일 뒤로 하지. 대역은 잘 준비됐나?"

"네, 방주님과 가장 닮은 자로 준비해 두었습니다."

"배신할 일은 없고?"

"슬하에 14살이 되는 아들이 하나, 그리고 8살과 5살짜리 딸이 둘 있습니다. 그 셋을 전부 훌륭하게 키워 주겠다고 약조했습니다. 그리고 만약 배신한다면……."

"그래, 만족스럽네."

굳이 듣지 않아도 알 수 있었다.

배신에 따른 결과는 세 자녀들의 죽음.

배신자의 말로는 언급할 필요도 없다.

반면 연기만 잘해 준다면, 아비의 희생으로 세 아이는 신분 상승과 더불어 부귀를 누리며 살게 될 것이다.

이를 잘 알고 있을 테니 대역이 배신할 가능성은 극히 낮다고 볼 수 있었다.

계획이 순조롭게 진행되고 있음을 확인한 이주원은 여유롭게 누워 중얼거렸다.

"영웅은 죽어서 탄생한다더니……."

죽음으로 홍등가의 영웅이 되는 것.

그렇게 이주원의 일대기에 마침표를 찍는 것도 썩 괜찮은
마무리였다.

Chapter 121.

이주원의 자수 기한을 논의한 후 시간은 쏜살같이 흘러갔다.

그렇게 나는 마지막 날의 새벽을 맞이했다.

어젯밤 전가은은 오늘 이주원이 자수할 것이라 전해 왔다.

즉, 이번 접선이 백성엽 대장군과 대화할 수 있는 마지막 기회라는 말이었다.

그렇게 초조한 심정으로 이준이를 기다리고 있을 때.

저 멀리서 한 여자가 치마를 펄럭거리며 걸어왔다.

화장을 덕지덕지한 중년의 여성이었다. 나는 슬쩍 벽에 붙어 지나갈 수 있도록 길을 비켜 주었다.

그런데 중년 여인이 뜬금없이 내 앞에 멈춰 서더니 돌발 행동을 보였다.

"어머! 오빠 너무 멋지다. 오늘 나랑 놀래?"

순간적으로 온몸에 닭살이 돋았다.

물론 중년 여성의 도발 때문이기도 했지만, 그녀의 목소리가 성별이 구분되지 않을 만큼 중성적인 이유가 컸다.

그렇게 소름 끼치는 상황에 당황한 것도 잠시.

중년 여인이 슬그머니 흔드는 파란 노리개가 시야에 들어왔다.

"아……."

그제야 무슨 상황인지 깨달을 수 있었다.

이거 제대로 낚였네.

"이준이였냐?"

"어머, 오빠. 맞아."

여자, 아니 정이준은 호호하면서 웃다가 원래 목소리로 대화를 이어 갔다.

"변장을 매일 바꾸라고 해서 마지막은 좀 파격적으로 해 봤습니다. 근데 너무 노골적으로 싫어하시는 거 아닙니까?"

"너 같으면 좋아하겠냐?"

"어머, 오빠 왜 그래?"

"……."

순간적으로 표정 관리가 안 됐다.

그제야 이준이도 심각성을 눈치챘는지 헛기침을 하며 진

지한 표정으로 돌아왔다.

"여기, 백성엽 대장군님의 전언입니다."

"그래."

나는 작게 한숨을 내쉬며 서신을 받아 들었다.

앞서 이준이를 초조하게 기다렸던 것도, 지금처럼 한숨을 내쉬는 것도 모두 이 서신에 담겨 있을 내용 때문이었다.

어제 새벽, 나는 국왕 전하와 백성엽 대장군에게 내 의견을 전달했다.

이주원은 내가 잡아갈 터이니 백성엽 대장군님은 홍등가를 포위만 해 달라고 말이다.

그에 대한 답이 이 안에 적혀 있을 테니 긴장될 수밖에.

난 초조함에 가늘게 떨리는 손으로 천천히 서신을 펼쳐 보았다.

"……응?"

"왜 그러십니까?"

"……어? 아니, 아무것도 아니야."

이전과 다른 반응에 이준이가 고개를 갸웃거렸으나, 나는 애써 담담한 척을 하며 시선은 여전히 서신에 집중했다.

기존 짧은 문구만으로 의사를 전달했던 것과 달리, 이번에는 장문의 글이 적혀 있었다.

마지막으로 지시할 수 있는 순간이니 이는 충분히 이해할 수 있었다.

하지만……

'이건 백성엽 대장군의 필적이 아닌데?'

유려하게 써 내려가면서도 필세에선 강인함이 느껴진다.

게다가 필체가 너무도 눈에 익었다.

수없이 봐 온 것이었으니 그럴 수밖에.

그렇기에 서신을 보낸 이의 정체를 못 알아볼 수가 없었다.

'드디어 전하께서 답을 주셨구나!'

나는 서둘러 서신의 내용을 읽어 내려가기 시작했다.

그렇게 잠시 정적이 흐르고.

세 번 넘게 정독을 한 나는 서신을 꾸긴 뒤 주머니에 넣었다.

"후우."

안도의 한숨이 절로 나왔다.

그러자 곁에서 지켜보고만 있던 정이준이 궁금해 못 참겠다는 듯 얼굴을 들이밀었다.

"대체 무슨 내용이길래 그런 반응입니까?"

"알 거 없다."

"너무한 거 아닙니까? 제가 누구 때문에 이 꼴을 하면서까지 들어왔는데. 그렇게 치사하게 나오시면 곤란합니다."

"난 이렇게까지 하라고 지시한 적 없는데?"

"참 나……."

난 변장을 바꾸라고만 했지, 중년 여인까지 포함시킨 적은 없다.

정이준 혼자 판단해 벌어진 일이니 내가 책임질 이유는 없지 않을까?

나는 이준이의 어깨를 토닥여 주며 위로했다.

"수고했다. 이왕 분장도 했고, 바로 지우기도 아까우니 이참에 좋은 남자 찾아서 같이 한잔하면서 쉬어."

"허……."

"그리고 너무 궁금해하지 마. 나중에 다 알게 될 테니까. 그럼 난 이만 간다."

그렇게 망연자실해하는 이준이를 뒤로한 나는 다음 계획을 위해 걸음을 내디뎠다.

걱정과 불안감은 더 이상 존재하지 않았다.

이미 모든 준비는 끝났으니까.

◆ ◈ ◆

북대우림.

웬만한 이는 발걸음조차 내딛지 못하는 곳임에도, 홍등가가 위기에 직면했다는 사실은 전해진 지 오래였다.

은월단의 시작을 함께한 이주원이 죽을 수 있다는 사실도.

그런 상황임에도 정해우는 작은 조언을 건네는 것 이외엔 별다른 움직임을 보이지 않았다.

표정조차도 평소와 다를 바 없었고 말이다.

그러니 당황스러운 것은 오히려 그의 주변인들.

로가 굳은 얼굴로 다가오며 말했다.

"이제 시간이 많지 않은 거 같은데."

부유령으로 홍등가의 상황을 주시하고 있던 로였기에 좌시할 수 없었던 것이다.

홍등가에게 주어진 시간은 고작 사흘뿐이었으니까.

"이대로 가만히 있을 건가?"

만약 홍등가를 지킬 생각이라면 지금부터 움직여야만 했다.

하지만 선생은 묵묵부답으로 일관했다.

그 모습을 보며 로가 씁쓸한 표정을 지었다.

오랜 세월을 살아왔기에 행동에 담긴 의미를 금세 눈치챘다.

입 밖으로 꺼내지 않았을 뿐, 선생은 본인의 의사를 명확히 드러내고 있었었으니 말이다.

"……그렇군. 홍등가를 버리기로 한 것인가?"

그제야 굳게 다물어져 있던 선생의 입이 열렸다.

"버린다는 건 옳은 표현이 아닌 거 같습니다."

버린다.

이는 무언가를 소유한 자가 스스로의 의지로 내려놓거나, 양자택일의 상황에서 한쪽을 취하며 다른 것을 포기할 때 쓰는 표현이지 않던가.

"우리에겐 그럴 여력이 없으니까요."

자신과 적의 전력을 냉정하게 판단해 한 말이었다. 하지만 로의 생각은 그와 달랐다.

"우리가 있음을 가정하고서도 말인가?"

현재 북대우림에는 위대한 일곱 혈족 중 넷이 자리하고 있었다.

인간으로 치면 한 왕국의 전력과도 같았다.

그처럼 강력한 힘을 손에 쥐고도 홍등가 하나 지킬 힘이 없다고 말하니 로는 쉬이 이해할 수 없었다.

지금까지의 결과들 때문에 겁을 먹은 것일까?

아니면 위대한 일곱 혈족을 낮잡아 보는 것일까?

"비록 한 팔을 잃었다지만, 나는 아직 멀쩡하고 시그마도 있네. 거기에 람다의 힘을 받은 나찰과 인간까지 합세한다면 충분히 승산이 있지 않겠나?"

적을 죽이면 죽일수록 병력을 불릴 수 있는 샨다도 투입된다면, 수적으로도 불리하다 볼 수 없었다.

하지만 선생은 확고했다.

"무의미한 승리를 말씀하시는 거라면 충분히 가능하겠죠."

"무의미한 승리? 무슨 뜻인가?"

"우리의 목표는 단순히 왕국을 망가트리는 것이 아니지 않습니까? 왕국을 시작으로 제국, 그리고 서역까지 나아가야만 합니다. 그러기 위해서는 당신들 중 그 누구도 죽어선 안 됩니다."

"역시, 우리를 그 정도로밖에 보지 않았던 것이군."

"오해하지 마십시오. 전 현실의 조건을 토대로 판단한 것이니까요."

선생은 몸을 일으키며 로에게로 몸을 돌렸다.

"수도에는 대장군 백성엽을 비롯해 수많은 선인들, 그리고 이서하와 광명대가 있지요."

이서하.

그토록 자신을 방해해 온 젊은 무사는 이제 왕국 최강의 자리까지 올랐다.

그가 이번에도 어떤 훼방을 놓을지 알 수 없었다.

이마저도 마음에 들지 않지만, 더 간과해선 안 되는 존재가 현재 수도에 자리 잡고 있었다.

"게다가 인류 역사상 최강자라고 할 수 있는 이강진이 있지요."

로의 말처럼 비록 한쪽 팔을 잃었다지만 로의 강함은 여전하며, 시그마 또한 위대한 일곱 혈족의 일원이니 실력을 의심할 여지는 없었다.

하지만 상대는 인간의 몸으로 입신경에 오른 무인이자 무신이라 일컫는 이강진.

두 나찰이 힘을 합친다 한들 모두의 안전을 보장할 수 없다.

실제로 로는 각성을 통해 잠시나마 입신경의 경지에 올랐던 약선에게 죽을 뻔하지 않았던가.

만약 약선이 조금 더 젊었다면 지금과는 다른 결과를 마주했을지도 모를 일이었다.

그러니 혹시 모를 위험을 감수할 수는 없었다.

"물론 단순히 전력 누수 측면 때문만은 아닙니다."

위대한 일곱 혈족이 강하고 타고난 요술이 뛰어남은 일일이 거론할 필요도 없었다.

수많은 혈족들을 압도하며 제국을 지배했던 과거가 이를 증명했으니 말이다.

하지만 정해우는 단순히 강력한 힘에만 가치를 두지 않았다.

위대한 일곱 혈족들은 압도적 무위보다 더 특별한 요소를 지니고 있었으니 말이다.

"당신들은 나찰들을 규합할 수 있는 유일한 희망입니다."

과거 펼쳐졌던 나찰과 인간의 전쟁에서 가장 오랫동안, 그리고 가장 격렬하게 전투를 치렀던 이들이 바로 위대한 일곱 혈족의 일원들.

누구도 넘볼 수 없는 강함과 더불어 시대를 대표하는 위치에 있었기에 '위대한'이란 칭호가 붙은 것이다.

그렇기에 이들이 보유한 상징성은 그 무엇보다 값졌다.

자신들의 혈족 외에는 의미를 두지 않는 나찰들을 하나로 모을 수 있는 건 오직 위대한 일곱 혈족의 일원들만이 가능한 일이었으니 말이다.

그런 핵심을 어찌 사지가 될지도 모를 장소로 보낼 수 있을까?

"그러니 부디 제 결정을 따라 주시길 부탁드리겠습니다."

"알겠네."

로는 고개를 끄덕이며 순순히 청에 응했다.

"선생의 말은 이해했네. 하지만 이강진을 죽이기 위해서는 결국 그와 싸워야 하지 않겠나?"

"네, 그래야죠."

"어차피 싸워야 한다면 홍등가에 정신이 팔렸을 때 치는 것이 낫지 않은가?"

"그것이 최선이겠죠. 하지만……."

선생은 씁쓸한 표정을 지으며 진심으로 안타깝다는 듯 말했다.

"……허락된 시간이 고작 사흘이란 게 아쉬울 뿐입니다."

선생은 북쪽을 바라보며 중얼거렸다.

"아슬아슬하겠군요."

이주원과 홍등가를 지킬 수 있을지 없을지 아직은 알 수 없는 선생이었다.

그리고 그런 두 사람의 대화를 듣고 있는 한 남자가 있었다.

"이주원……."

백야차는 그렇게 이주원의 이름을 나지막이 중얼거리며 수도로 향했다.

◆ ◈ ◆

홍등가.

낮에는 쥐 죽은 듯 고요했던 회색 거리가 웬일로 수많은 기생으로 가득했다.

그리고 저마다의 반응도 각기 달랐다.

나이 들어 현역에서 물러난 기생들은 모두 심각한 표정인 반면, 이제 막 약관에 든 어린 기생들은 영문을 모르겠다는 듯 서로 수군거렸다.

"무슨 일인데 이런 대낮에 다 불렀다니?"

"그걸 내가 어떻게 알아? 아, 짜증 나. 안 그래도 묘시(오전 5시)에 자서 피곤해 죽겠는데."

어린 야화로의 기생이 그렇게 수군거릴 때였다.

"입 닥쳐. 멍청한 년들아."

"뭐?"

야화로의 기생들은 신경질적으로 돌아보았지만 이내 표정을 굳혔다.

꽃처럼 조각된 옥비녀.

그것은 잠화로에 소속된 기생들만이 가질 수 있는 것이었다.

야화로의 기생들에게 있어서는 감히 말을 섞을 수조차 없는 하늘과도 같은 존재.

그렇게 야화로의 두 기생이 아무런 대답도 꺼내지 못하자, 옥비녀를 꽂은 기생이 못마땅하다는 듯 말했다.

"그렇게 소갈머리 없어서 어떻게 살려고 그러니? 네년들

눈엔 분위기 심각한 거 안 보여?"

그리고는 얼음장같이 차가운 얼굴로 단호하게 경고했다.

"평생을 야화로에서 죽치고 싶지 않으면 지금부터 아가리
처닫고 듣기만 해. 알았어?"

"……."

"대답 안 하니?"

"네, 언니."

그런 심각한 분위기 속에서 자화루의 방주, 이매가 단상 위
로 모습을 드러냈다. 그녀의 옆에는 홍등가의 내로라하는 방
주들 역시 함께였다.

이매는 가만히 홍등가의 가족들을 둘러보았다.

'꽤 많아졌구나.'

화려한 잠화로의 기생들과 그들 없이는 죽고 못 사는 식객들.

거기에 얼굴에 상처를 입거나 불구가 되어 다른 기술을 배
운 기생들부터 이제 막 10살을 넘긴 견습 기생까지.

과거 피폐함만 가득했던 홍등가와는 완전히 다른 풍경이
었다.

'당신이 이렇게 만들어 주셨는데……'

정작 그 당사자는 잘 있으라는 쪽지 한 장만을 딸랑 남긴
채 떠나 버렸다.

홍등가의 모두를 위해 자수하러 간 것이다.

이매는 이를 용납할 수 없었다.

'이대로 자수하면 사형뿐이다.'

애초에 홍등가 말살까지 꺼내 든 이상 이주원을 살려 줄 생각은 없는 것이나 마찬가지였다.

그런 그를 살리기 위해서는 어떻게 해야 할까?

방법은 한 가지뿐이다.

'오라비를 죽이기 위해서는 스스로를 베어야 할 것이다.'

국왕 신유민.

오라비를 죽이기 위해 감당해야 할 무게를 알려 줄 것이다.

생각을 마친 이매는 한 걸음 앞으로 나아가며 입을 열었다.

"전부 모여 줘서 고맙다."

단순한 인사였지만 기생들은 긴장한 얼굴로 숨조차 편히 쉬지 못했다.

방주들의 표정이 죽음을 각오한 이들과도 같았기 때문이다.

그렇게 모두가 중압감에 짓눌려 침묵할 때, 이매가 침중한 얼굴로 말을 이어 갔다.

"버림받는 고통이 얼마나 극심한지는 구태여 설명하지 않아도 모두가 잘 알 것이다."

자의로 기생이 된 자는 없다. 방주든 잠화로와 야화로의 기생이든 견습이든, 모두 가족에게 버려져 팔려 온 자들이다.

"이곳은 그런 이들이 묻히는 더러운 무덤이었으며, 시체를 양분삼아 싹을 틔우는 장소였다. 그러나 수많은 새순들이 꽃잎을 피워 보지도 못한 채 말라비틀어졌지. 괴로운 순간을 어럽게 버틴다 해도 고작 이립을 넘기는 것조차 힘들었으니까.

마치 차디찬 겨울을 가까스로 버티고도 찰나의 순간 꽃피우

고 져 버리는 매화처럼."

이매의 말에 모든 기생이 고개를 끄덕였다.

직접 그 시대를 경험한 이들도 있었고, 귀동냥으로나마 과

거가 지금과 달랐다는 것은 익히 알고 있는 사실이었다.

그러면서도 대다수의 얼굴엔 의아함이 깃들어 있었다.

이렇게 홍등가의 모두를 소집해 놓고 왜 역사를 거론하는

것일까?

그런 의문으로 가득한 면면을 바라보며 이매는 지금껏 꽁

꽁 감춰 두었던 진실을 꺼내 들었다.

"그런 홍등가를 바꾸신 분이 계시다. 그분의 이름은 이주원."

이매의 말이 끝난 직후 여기저기서 웅성거리기 시작했다.

대부분 어린 기생들이 보이는 반응이었다.

이매는 별다른 제지 없이 가만히 내버려 두었다.

지금껏 이주원의 존재를 의도적으로 감춰 왔기에 그녀들

로서는 금시초문이었을 테니 말이다.

그렇게 잠시간의 소란이 이어진 뒤, 이매가 다시금 입을 열

었다.

곧이어 흘러나온 이매의 발언은 이곳에 자리한 기생들에

게 조금 전과는 비교할 수 없을 충격을 안겨 주었다.

"지금 왕국은 이주원 방주님의 목을 내놓지 않으면 홍등가

전체를 말살하겠다 선언했다."

홍등가 말살.

너무나도 비현실적인 위협에 기생들은 아무런 말도 못 하고 어리둥절한 얼굴로 이매를 올려다볼 뿐이었다.

이매는 다시 한번 생각해도 탐탁지 않다는 듯 미간을 찌푸리며 말을 이었다.

"그리고 그분께선 우리 모두를 위해 스스로 왕국으로 향하셨다."

그렇게 지금까지 홍등가에서 어떤 일이 벌어졌는지를 밝힌 이매는 한 차례 심호흡한 뒤 단호한 음성을 내뱉었다.

"나를 비롯한 방주들은 이를 좌시하지 않을 생각이다. 하여 너희에게 선택권을 주겠다. 나를 따르거나, 그게 아니라면 지금 당장 홍등가를 떠나라."

모든 용건을 밝힌 이매는 차분한 눈빛으로 좌중을 응시했다.

떠나라는 말은 진심이었다.

가족을 버리는 자는 더 이상 홍등가에 필요 없었었으니까.

그러나 일말의 불안감도 없다고 하면 거짓이었다.

'얼마나 남을까⋯⋯.'

이주원이 남긴 업적은 실로 대단했다.

하지만, 그것을 직접 겪은 자와 체감하지 못한 이들이 느끼는 바가 동일할 순 없었다.

그리고 단 한 번도 들어 본 적 없으며, 오늘에서야 처음으로 알게 된 존재.

과연 그런 이를 위해 희생할 자가 얼마나 될지는 이매로서도 확신할 수 없었다.

'전부 죽이기에 부담될 정도의 숫자.'

딱 그 정도만 따라와 주면 좋을 텐데.

이매가 그렇게 생각하는 순간.

옥비녀를 꽂은 기생들이 일제히 단상을 향해 한 걸음 내디뎠다.

잠화로의 기생들이었다.

그와 동시에 그녀들의 곁에 서 있던 무사들도 함께 움직였다.

잠화로의 기생들에게 빠져 홍등가에 살기 시작한 식객들로 모두 한때는, 아니 지금도 이름을 날리는 무사들이었다.

뒤이어 현역에서 물러난 여인들, 그리고 야화로의 어린 기생들이 움직였다.

그렇게 모두가 선택을 내린 직후, 이매는 미소를 지었다.

'이게 당신이 만든 사회입니다. 오라버니.'

자리를 벗어난 이는 단 한 명도 존재하지 않았다.

모두가 오늘에서야 알게 된 이를 위해 희생을 자처한 것이다.

다른 이들이라면 그렇게 여겼을 일이다.

하지만 이매와 방주들에게, 그리고 이 자리에 있는 모두에겐 그런 의미가 아니었다.

'한 번 버려진 자는 서로를 가족으로 여긴다.'

홍등가가 지금까지 유지될 수 있었던 건 이 절대적 규칙이
존재했기 때문.

그렇기에 이주원을 지킨다는 건 이 사회에 속한 이들로선
당연한 행해야 하는 일이었고 반드시 이행해야 할 의무였다.

◆ ◇ ◆

낙화루.

이주원은 떠나기 전에 마지막으로 자신이 처음 홍등가에
팔려 왔던 바로 그 기루를 찾았다.

왜일까?

그 물음에 대해선 쉽게 답할 수 없었다.

그저 마지막 순간이 되니 그토록 증오했던 장소가 보고 싶
어진 이주원이었다.

그렇게 멍하니 낙화루를 올려다보고 있을 때 곁으로 한 여
자가 나타났다.

"작전은 무사히 끝마쳤습니다. 방주님."

전가은이었다.

대역을 데리고 새벽같이 백성엽에게 향한 그녀는 무사히
임무를 마치고 돌아왔다.

"다른 방주들은 어떻게 하고 있지?"

"기생들을 모아 왕궁 앞에서 시위 중입니다."

"예상대로네."

이주원은 피식 웃었다.

"이러면 믿을 수밖에 없겠지."

나이도, 키도, 얼굴도 모르는 사람의 자수를 고작 세작의
보고만으로 신뢰할 리가 없었다.

하지만 기생들이 모두 모여 시위에 나선다면 아무리 백성
엽이더라도 의심할 수 없다.

그것이 이주원이 이번 작전을 다른 방주들에게 알리지 않
은 이유였다.

그렇다면 마지막 남은 변수는 하나뿐.

"이서하는 어디 있지?"

"저와 함께 대역을 넘긴 후 소식을 듣고는 신유민을 만난
뒤 시위 장소로 향하겠다고 했습니다."

"그런가."

마음 한편에 자리 잡고 있던 걱정이 씻은 듯이 사라졌다.

이서하까지 시위대에 시선이 팔렸다면 자신의 탈출을 막
을 사람은 없을 테니 말이다.

"그럼 우리도 슬슬 가 볼까?"

그렇게 이주원이 여유롭게 몸을 돌리는 순간이었다.

"내 생각이 맞았네."

등 뒤에서 들려온 목소리에 이주원이 고개를 돌렸다.

그곳에는 한 중년 남성이 서 있었다.

이내 그는 무언가를 거칠게 떼어 내며 서서히 이주원을 향해 다가왔다.

뚱뚱했던 배는 순식간에 홀쭉해지고, 덕지덕지 붙어 있던 수염들이 뜯겨져 나갔다.

얼마 지나지 않아 맨얼굴을 드러낸 존재는 이주원이 아주 잘 알고 있는 남자였다.

"……이서하."

시위 장소로 간다던 이서하가 왜 눈앞에 나타난 것인가?

이주원은 바로 전가은에게로 시선을 돌렸다.

설마 전가은이 배신한 것일까?

그러나 그 못지않게 그녀 역시 심히 당황해하고 있었다.

그렇게 상황이 어떻게 돌아가고 있는지 알아채지 못한 사이.

어느새 가까운 거리까지 도달한 이서하가 방긋 웃으며 말했다.

"오랜만이네?"

"……오랜만?"

"왜, 우리 구면이잖아."

이주원은 영문을 모르겠다는 듯 고개를 갸웃거리자 이서하는 선심 쓰듯 설명을 덧붙였다.

"경매장에서. 만년하수오 뺏긴 날."

그 순간 이주원의 얼굴에서 허탈한 미소마저 사라졌다.

"이제 기억나?"

이서하.

그는 한 번 본 것을 결코 잊지 않았다.

◆ ◆ ◆

모든 길이 하나로 모이는 수도 천일의 광장.

게다가 왕궁 전면에 자리하고 있었기에 거대한 크기를 자랑하는 장소이기도 했다.

그런 드넓은 공간이 수많은 사람들에 의해 빈틈을 찾아보기 어려울 만큼 빼곡하게 들어차 있었다.

이 소식을 접한 백성들이 순식간에 우르르 몰려나와 북새통을 이뤘다.

"대관절 이게 무슨 일이람?"

"그러게나 말이여."

그도 그럴 것이, 광장을 가득 채운 이들은 형형색색의 치마를 입은 여인들.

헤아릴 수 없을 만큼 수도 많기도 했지만, 노소의 구분 없이 빼어난 미모를 자랑했다.

게다가 최전면에 앉은 이들은 하늘에서 내려온 선녀와 같이 미색과 더불어 기품 있는 자태를 뽐내고 있었다.

덕분에 굳이 머리를 싸매지 않아도 여인들의 정체는 쉽게 가늠할 수 있었다.

수려한 외모를 지닌 다수의 여성들이 존재하는 장소는 단한 곳밖에 존재하지 않았으니 말이다.

다름 아닌 수도 천일의 홍등가.

여인들은 그곳에 속한 기생들이었다.

뒤이어 의문이 찾아든 것은 당연한 수순이었다.

"저 사람들이 웬일로 왕궁 앞까지 나왔대?"

모두가 한목소리로 의아함을 드러냈다.

직접 찾아가지 않는 이상 웬만해선 만날 일이 없는 이들이 한둘도 아니고 떼거리로 몰려나왔다.

보기 드문, 아니 왕국이 세워진 이래로 전례가 없는 광경임엔 분명했다.

또 하나 독특한 것이 있다면, 그 누구도 입을 열지 않은 채 묵묵히 왕궁을 바라보고만 있다는 것.

그 이외엔 어떠한 행동도 취하지 않고 있었으니 이유를 알아내는 건 불가능했다.

이에 대다수가 고개를 갸웃거리며 의아함을 내비치는 것과 달리, 구경꾼 중 몇몇은 굳은 얼굴로 광장을 바라보고 있었다.

눈앞에 펼쳐진 광경을 단순한 구경거리로 여길 수 없었던 것이다.

이는 여인들 사이사이에 위치한 사내들 때문.

일견하기에도 수준급의 무사임을 알 수 있지만, 문제는 그

259

들이 홍등가에 터를 잡고 눌러앉은 이들이라는 것.

결국 작금의 상황은 홍등가 전부를 왕성 앞 광장으로 옮겨 놓은 것이나 다름없는 셈이었다.

자칫하면 작은 불씨만으로 불상사가 벌어질지도 모를 일이었다.

그렇게 각기 다른 관점으로 홍등가의 무리를 바라보고 있을 때.

왕성 지근거리에 자리 잡은 이매 곁에서 불만 가득한 목소리가 흘러나왔다.

"기분 나쁘게도 바라보는군."

홍등가 소속 무사 중에서도 최상위로 손꼽히는 사내였다.

그는 불쾌한 감정을 숨기지 않고 대놓고 표출했다.

"짐승을 구경하는 것도 아니고."

목숨을 걸고 나온 기생들을 신기한 동물 보듯 대하는 시선이 마음에 들지 않았던 것이다.

게다가 그 대상에 자신이 사랑해 마지않는 이매까지 포함되어 있으니 더욱 열이 받을 수밖에.

"더 이상은 못 참겠군. 꺼지라고 해야겠어."

그렇게 무사가 자리를 털고 일어나려는 순간.

"내버려 두세요."

이매의 나지막한 음성이 그를 제지하고 나섰다.

무사가 이유를 묻고자 시선을 내리니, 이매는 오히려 만족스럽다는 표정으로 구경꾼들을 바라보고 있었다.

"저리 관심을 가져 주니 얼마나 고마운 일입니까?"

"고마운 일이라고?"

"그럼요."

직후 이매의 입가에 차디찬 냉소가 머금어졌다.

"이러면 우리 성군(聖君)께서 눈치를 볼 수밖에 없을 테니까요."

저 백성들은 일종의 방패와 다름없었다.

왕국의 무력 진압으로부터 기생들을 보호해 줄 훌륭한 방패 말이다.

그렇게 흡족한 눈빛으로 좌중을 바라보고 있을 때.

왕궁의 거대한 문이 열리며 일단의 무리가 걸어 나왔다.

수백이 넘어가는 숫자.

그 선두에는 중년의 남자가 서 있었다.

군데군데 흰머리가 나 있지만 눈빛은 맹수의 그것같이 형형했으며 몸집은 곰과 같다.

여기까지만 본다면 수차례 만나 왔던 여느 장군들과 크게 다를 바 없는 모습.

하지만 중년 사내가 뿜어내는 패기는 여타 장군들과는 격이 달랐다.

게다가 단 한 번도 홍등가에서 본 적이 없다는 것.

이로써 이매는 중년인의 정체를 단번에 알아챌 수 있었다.

'저자가 바로······.'

이 나라의 대장군.

백성엽이었다.

이윽고 위풍당당하게 다가온 무사들이 광장 내 시생들을 빙 둘러쌌고, 백성엽이 이매의 앞으로 다가서며 입을 열었다.

"참으로 화려한 시위로군. 이러니 구경꾼이 모일 수밖에."

왕국 최정예에게 포위당하고, 눈앞에는 대장군이 있다.

그 누구도 당당하기 힘든 상황이었으나 최선두에 앉은 이매는 평소와 다름없는 얼굴로 상대를 마주했다.

"미천한 기생이 대장군님을 뵙습니다."

그런 이매의 반응에 백성엽은 비웃듯 피식 웃었다.

대놓고 무시하는 행동이었으나 이매는 의미를 두지 않았다.

고관대작 중 오만한 이는 남악의 나무만큼 많았으니까.

그보다는 백성엽이 어떻게 대처할지를 살피는 게 우선이었다.

'일단 구경꾼들부터 해산시키려 하겠지.'

이매가 환영했던 것과 반대로 백성엽으로서는 껄끄러울 수밖에 없는 존재들이니 말이다.

그러나 백성엽의 대처는 이매의 예상과는 한참이나 달랐다.

그는 양팔을 벌리며 당당하게 백성들을 향해 외쳤다.

"이 자리에 있는 모두는 같은 의문을 품고 있을 것이다. 이 여인들은 왜 시위를 벌이고 있는가? 혹 이에 대해 아는 자 있는가?"

대장군이 친근하게 말을 걸자 백성들은 놀라 수군거리기 시작했다.

"그러게, 기생들이 여기까지 나올 이유가 있나?"

"난들 알겠나?"

백성엽은 백성들의 궁금증이 증폭될 수 있도록 잠시 뜸을 들인 뒤 외쳤다.

"오늘 아침, 나찰과 내통하던 왕국의 반역자가 자수를 해 왔다. 그리고 그 반역자는 이들이 속한 홍등가의 실질적 주인 이었지."

그 말과 동시에 찬물을 끼얹은 듯 소란스럽던 장내에 침묵 이 내려앉았다.

모두의 시선이 백성엽을 마주하고 있는 이매에게로 향한 것도 동시였다.

"이들은 왕국을 위기로 몰아넣으려던 반역자를 위해 왕궁 의 앞을 점령한 것이다."

백성엽의 말이 끝났음에도 백성들은 어떠한 말도 꺼내지 못했다.

그만큼 대장군의 발언은 충격적이었고, 또 갑작스러웠기 때문이다.

하지만 생각이 정리되기까지는 그리 오랜 시간이 걸리지 않았다.

대쪽 같은 대장군이 만백성을 앞에 두고 거짓말을 할 리가 없었으니 말이다.

이윽고 상황 파악이 끝난 백성들의 입에서 쌍욕이 뱉어져 나오기 시작했다.

이매는 저주 섞인 발언을 들으며 백성엽을 노려봤다.

'여론전을 여론전으로 맞받아쳤다라……'

전쟁만큼 정치도 잘한다더니 과연 소문이 과장된 것은 아니었다.

단순히 여론을 형성하는 것에 그치지 않았으니까.

지금 백성엽의 발언으로 무력 진압의 문을 열어 둔 마련한 것이나 마찬가지였다.

일반 시민이 아닌 반동분자를 처리한다는 명분이 붙었으니 말이다.

그럼에도 이매는 여전히 태연한 면모를 유지했다.

이 또한 충분히 예상하고 있었던 바였으니까.

그녀는 작게 숨을 들이쉰 뒤 큰 목소리로 말했다.

"홍등가의 해어화(解語花), 이매가 감히 한 말씀 여쭙겠습니다."

완벽한 발성에서 나오는 맑고 청량한 소리.

그것은 구경꾼들의 야유를 뚫고 강하게 울려 퍼졌다.

이윽고 이매라는 이름이 귀에 꽂히자 남자들이 일제히 입을 멈추었다.

해어화(解語花).

과거에는 홍등가의 기생 모두를 포함했으나 지금은 가장 고귀한 이들만을 지칭하는 말이었다.

수도에 사는 남자들에게는, 아니 왕국 모든 남자들에게 꿈과도 같은 여자.

그 명성에 걸맞은 미색과 청아한 음성은 소란을 순식간에 잠재웠고, 이매는 더 큰 목소리로 말을 이어 갔다.

"증거는 있으십니까?"

일단 반역자라는 오명부터 벗긴다.

"우리 방주님께서 나찰과 협력했다는 증거가 있냐는 말입니다."

"반역자가 아니었다면 그는 왜 제 발로 찾아온 것이지?"

백성엽이 코웃음과 함께 대꾸하자 이매는 미소를 지었다.

기다리고 있던 질문이었다.

"그건 방주님께서 자수하지 않는다면 홍등가를 학살하겠다 하셨기 때문이지요."

학살이라는 말에 백성들이 웅성거리는 것이 들려왔다.

아무리 그 대상이 만인의 연인임과 동시에 천것에 지나지 않는 홍등가 기생들이라 할지라도.

학살이라는 말은 절대로 가볍게 넘길 수 있는 말이 아니었다.

"그러한 협박을 한다면 누구든 자수를 하지 않을 수 없는 노릇 아니겠습니까?"

"……."

백성엽은 침묵했다.

이매는 분노 가득한 눈으로 백성들을 돌아보며 말을 이어 갔다.

"우리는 가족들에게 버림받고 가축 이하의 취급을 받으며 살아왔습니다. 그렇게 홍등가의 지배자들이 만행을 저지르며 우리를 처절하게 짓밟을 동안 왕국은 어떻게 했습니까? 가만히 지켜봤지요. 저들의 분노가 자신들에게 향하지 않았음에 안심하면서 말이죠. 그럼에도 우리는 참았습니다. 그것만이 살길이라 여겼으니까요. 그런데 어째서……!"

열변을 토해 내던 이매는 다시금 백성엽에게 시선을 고정하며 떨리는 목소리로 말했다.

"……이젠 가족까지 뺏으려 드는 겁니까?"

구경꾼들은 모두 침묵했다.

홍등가가 변화하기 시작한 것은 고작 10년.

나이가 있는 사람이라면 과거의 홍등가가 얼마나 참혹한 곳이었는지를 알고 있었다.

그리고 이전에 비해 나아졌을 뿐, 그녀들의 신분이 크게 변화된 것도 아니었다.

여인으로, 좋은 가문에서 태어나지 못했다는 이유 때문에 스스로의 몸을 이용해 삶을 연명해 나가고 있었으니 말이다.

그렇게 백성엽에게 기울어졌던 여론은 중심으로 돌아왔다.

재차 이어진 요구에도 백성엽이 마땅한 증거를 꺼내지 못했기 때문이다.

이매는 이 기회를 놓치지 않겠다는 듯 비장한 표정으로 입을 열었다.

"홍등가는 가족을 버리지 않는다."

버려지는 것은 한 번으로 족하기에.

"그리도 우리의 오라비를 죽이고 싶다면 홍등가 전체를 죽여야 할 겁니다."

다른 기생들 또한 비장감 가득한 얼굴로 대장군을 노려보았다.

화려한 여성들이 죽음을 각오한 모습은 전장 경험이 풍부한 무사들마저 긴장하게 만들었다.

'어떡할 거냐? 백성엽. 아니 신유민.'

이제 결정권은 신유민에게 넘어갔다.

그리고 그에게 있어서는 쉽지 않은 선택이 될 것이었다.

'무엇을 선택하든 너의 패배가 될 것이다.'

신유민은 공명정대하고, 백성을 위하는 성군(聖君)으로 이름이 높았다.

그런 그가 무고한 기생들을 백주 대낮에, 그것도 수많은 백성들 앞에서 학살할 수 있을까?

기대가 크면 실망도 큰 법.

이는 공들여 쌓은 성을 스스로 무너트리는 것밖에 되지 않는다.

혹여 신유민이 정말 학살을 선택한다 해도 상관없었다.

미천한 목숨을 버려 고귀한 국왕 전하를 파멸시킬 수 있다면 그것만큼 의미 있는 죽음이 어디 있겠는가?

말 그대로 사면초가(四面楚歌).

'그 어떤 것도 선택할 수 없을 거다.'

백성엽의 굳은 얼굴이 이를 증명하고 있었다.

그렇게 이매가 승리를 확신할 때.

"하하하하!"

느닷없이 백성엽이 호탕한 웃음을 터트렸다.

"그래, 가족을 위해 죽음을 자처하는 포부는 참으로 대견스럽구나."

전혀 예상치 못한 반응에 이매가 인상을 찌푸리는 순간.

백성엽이 돌연 정색하며 말을 이었다.

"그러면 가족이 아닌 자를 위해서도 죽을 수 있겠느냐?"

"……?"

"데려와라."

백성엽의 명령에 그의 부하가 한 남자를 끌고 왔다.

비단과도 같은 장발에 성별을 알 수 없을 정도로 매끈한 피부.

그 남자를 발견한 방주들은 다급히 일어나며 외쳤다.

"오라버니!"

이주원이었다.

백성엽은 남자를 이매의 앞에 강제로 무릎 꿇렸다.

대장군의 행동에 속이 뒤틀렸지만 이매는 치솟는 분노를 억누르며 논리적으로 다가갔다.

"아직 죄가 확정되지도 않았는데 어찌 이리도 무례하게 대하는 겁니까! 아무리 대장군님이라도 이럴 수는 없는 법입니다!"

백성엽은 쭈그려 앉으며 분노한 이매와 눈을 마주했다.

"죄가 확정되지 않았다고? 그럼 하나만 묻지."

백성엽은 남자의 머리채를 잡아 들어 올리며 이매의 앞으로 들이밀었다.

"이자가 너희가 말했던 이주원이 맞는가?"

"당연……."

그 순간.

이매는 자기도 모르게 말을 멈추었다.

처음엔 자신이 아는 이주원이라 생각했다.

그러나 자세히 뜯어보니 흡사할 뿐, 눈앞의 남자는 자신의 오라비가 아니었다.

단 한 번도 생각지 못했던 상황이 펼쳐지자 이매의 표정에 처음으로 당혹감이 자리했다.

그 모습을 보며 백성엽은 확신을 담아 다시 물음을 던졌다.

"어떤가? 이래도 죄가 없다 할 수 있느냐?"

거짓 자수로 국왕 전하를 능멸한 죄는 사형당해 마땅한 중죄였다.

"……."

사면초가에 빠진 것은 국왕 전하가 아니라 이매, 자신이었다.

◆ ◈ ◆

임무를 시작하기 전.

유현성 단장님은 광명대장 이서하가 아닌 사위에게 부탁하는 것이라며 서류를 건넸었다.

그 안에 담긴 핵심이자, 내게 주어진 임무는 단 하나.

-이주원이 자수를 해 올 경우, 마지막의 순간 전가은을 미행하라.

최후의 최후까지 대비하라는 것.

이주원이 대역을 세울 가능성도 있으니 일말의 방심도 허용하지 않겠다는 뜻이었다.

누가 후암의 단장 아니랄까 봐 진절머리가 날 정도로 치밀했다.

물론 나였어도 충분히 그랬을 것이다.

그 누구도 이주원의 진짜 얼굴을 몰랐으니까.

그러니 만약 정말로 전가은이 배신자라면, 마지막 순간 보고를 위해서라도 진짜 이주원을 찾아갈 것이었다.

현경 수준에 오른 나에게 있어 초절정 수준의 전가은을 미행하는 건 잠입 기술이 없어도 충분히 가능한 일이었다.

물론 지금까지 여러모로 도움을 준 이를 의심한다는 꺼림칙함이 뒤따랐지만 말이다.

그러나 조금 전까지 느꼈던 꺼림칙함은 지금의 씁쓸함에는 조금도 비교할 수 없었다.

"……언제부터였습니까? 전가은 씨."

나의 질문에도 전가은은 그 어떤 대답조차 꺼내 않았다.

가면으로 얼굴을 가리고 있어 표정 또한 확인하지 못해 못내 답답했지만, 나는 애써 마음을 억눌렀다.

"그 부분은 나중에 다시 얘기하도록 하죠."

그녀의 대답을 듣는 것보다 더욱 중요한 일이 있었으니까 말이다.

나는 이주원에게로 시선을 돌렸다.

"이제 그만 포기하지 그래?"

"난 아직 끝이라고 생각하지 않는데?"

이주원이 비아냥거리는 모습에 역겨움이 올라왔다.

"……지금 너 하나를 살리기 위해 홍등가의 기생들 모두가 왕궁 앞에 모여 있다. 네가 자수하지 않으면 그들은 죽게 되겠지."

아직 약속한 사흘이 지난 것은 아니다.

하지만 이주원이 뜻을 바꾸지 않는다면, 그리되리란 건 의

271

심할 여지가 없었다.

나는 작게 심호흡한 뒤 말을 이었다.

"지금이라도 자수를 한다면 그들 모두를 살릴 수 있다."

"그래, 네 말이 맞아. 나만 죽으면 다 살 수 있겠지……."

고개를 끄덕거리는 이주원을 보며, 난 혹여 남아 있을지 모를 가능성에 도박을 걸었다.

홍등가는 절대 가족을 버리지 않는다.

그 격언을 만든 것이 바로 이주원이었다.

자신이 만든 절대적 규칙을 지킨다면 굳이 다수의 희생이 뒤따르지 않고 일을 마무리할 수 있다는 것 또한 알고 있을 것이다.

만약 이주원에게 마지막 양심이 남아 있다면, 그는 절대로 모른 체하지 않을 것이다.

지성을 갖춘 인간이라면 분명 그럴 것이었다.

"……그런데 내가 왜?"

믿을 수 없는 발언에 나는 이주원을 빤히 쳐다보았다.

잘못 들은 거겠지?

하지만 제대로 들은 게 맞다는 듯 이주원은 연신 고개를 갸웃거렸다.

웃음기 하나 없이 진지한 얼굴.

그는 진심이었다.

"너희들의 구원자 놀이에 왜 내가 희생당해야 하는 거지?

말해 봐라. 내가 자수를 하는 건 누구에게 좋은 일이지?"

"……."

"질문이 어려웠나? 그럼 조금 더 쉽게 말해 주지. 지금 기생들을 죽이는 게 나인가?"

이주원은 비릿한 미소를 지었다.

"……아니면 잘난 국왕 전하이신가?"

이주원의 말은 분명 타당한 얘기였다.

하지만 그렇다는 것뿐이지 옳다는 말은 아니었다.

"하, 어이가 없어서."

나도 모르게 속마음이 튀어나와 버렸다.

"위대한 은월단의 간부가 지 똥도 못 치우는 병신일 줄이야."

스스로를 대단히 현명한 존재로 생각하나 보다.

그런데 이를 어쩌나.

힘이 없고 언제나 위기를 마주했던 시설, 세 치 혀로 살아남은 게 바로 나 이서하다.

논쟁이라면 언제나 환영이었다.

Chapter 122.

돌이켜 보면, 처음부터 불행한 인생은 아니었다.

수도 서쪽의 한 도시에서 문관으로 능력을 인정받던 아버지.

대가문까진 아니었지만 나름 양반가에 속하는 집안 출신의 어머니.

그런 두 사람이 중매로 연을 맺으며 이주원이 태어났고, 여타 양반가의 자제들과 다를 바 없이 부유한 환경 가운데 성장했다.

그러나 평온했던 일상에 서서히 균열이 일어나기 시작했다.

잠시 수도로 출장을 갔던 아버지가 홍등가에 드나들기 시작하면서부터였다.

한 기생과 바람이 난 그는 봉급을 전부 가져다 바쳤고, 그것도 모자라 빚을 내는 지경에까지 이르렀다.

뒤늦게야 사실을 알아챈 어머니가 난리를 치며 집 안에선 매일같이 고성이 오갔다.

하지만 그뿐이었다.

아버지는 변함없이 기생에 빠져 있었고, 어머니는 가슴을 내려치며 분통해하면서도 여전히 부부 관계를 유지했다.

그런 사회였다.

남성의 의사가 우선시되는 사상이 존재하는.

무사들의 경우 능력이 중요하기에 차별이 적다곤 하지만, 미천한 출신과 여성이란 요소는 여전히 무시당하고 있었다.

특히나 남편에게 소박맞아 쫓겨난 여인은 평생 그 꼬리표를 달고 살아야 했다.

그러니 이혼만은 꿈에도 생각지 못할 수밖에.

속이 문드러짐에도 참는 것이 최선이었다.

그렇게 상처로만 가득한 2년이 시간이 흐르고.

어느 날, 아버지를 찾아 안방에 들어선 이주원이 한순간 우뚝 멈춰 섰다.

아버지가 몸을 축 늘어뜨린 채 허공에 떠 있었던 것이다.

'······.'

하지만 이주원은 별다른 충격도 느끼지 않았다.

그저 매달린 고깃덩어리가 대롱대롱 흔들거리는 것 이상

의 감정은 느낄 수 없었던 것이다.

'병신.'

아니, 오히려 역겨움만 가득했다.

여색에 빠져 가장의 역할도 등한시하며 피해만 줬던 사람이 정작 본인이 괴로워지자 고작 한다는 결정이 목을 매다는 것이라니.

많이 배웠고 문관으로 인정도 받았지만 결국 그도 불완전한 사람에 불과했던 것이다.

이에 이주원은 자신의 핏줄에 강한 회의감을 느꼈지만, 어머니는 아니었나 보다.

병신 하나 죽은 것이 뭐 그리 슬프다고 곡소리를 내며 장례까지 치러 주었다.

그렇게 장례를 마치고 얼마 뒤.

집으로 한 잘생긴 남자가 찾아왔다.

스스로를 아버지의 친구라 소개하며 말이다.

"저랑 같이 가시죠."

"네? 그게 갑자기 무슨…… 저는 과부입니다."

"부군의 친우인데 어찌 그걸 모르겠습니까. 그리고 벗이기에 드리는 제안입니다. 앞으로의 일도 생각해야 되지 않겠습니까?"

겉으론 친우로서 하는 말로 포장하고 있지만, 어린 이주원이 보기에도 노골적으로 들이댔다.

당연히 어머니는 극구 거부 의사를 밝혔다.

"아무리 남편과 친우 관계셨다 해도, 저와 이어진다면 세상의 손가락질을 받을 것입니다."

"상관없습니다. 다른 도시로 가면 누가 그걸 알겠습니까?"

"그래도……."

"본인뿐 아니라 아이의 앞날도 생각하셔야죠."

"……죄송하지만, 이만 돌아가 주시겠습니까?"

어머니는 완곡하게 밀어냈으나, 이후로도 남자는 매일같이 찾아왔다.

그러면서도 서두르지 않았다.

장작 패기, 집 보수같이 남자들이 해야 할 일만 묵묵히 처리하고 돌아가기를 반복했다.

따듯하고 의지할 수 있는 가장의 모습.

그런 행동은 어머니의 마음속을 겹겹이 둘러싸고 있던 빗장을 하나하나 풀어 갔고.

그에 따라 어머니의 마음속 문 또한 서서히 열려 가기 시작했다.

이주원은 그 상황이 나쁘다 생각되지 않았다.

어머니가 마음을 연 시점부터 더 이상 빚 독촉이 사라져 버렸으니 말이다.

잘은 모르겠지만 잘생긴 남자가 도와준 것이라 생각되었다.

그마저도 고마웠지만, 지금까지 보여 준 모습대로라면 어두 컴컴했던 어머니의 인생을 다시금 빛나게 해 줄 사람이니 오히려 환영해야 마땅했다.

그리고 잃어버렸던 찬란한 미래가 다시금 자신에게 되돌아올 것이라고 생각했다.

분명 그럴 것이라 확신했다.

하지만 그것은 어린 이주원의 착각이었다.

병신 같은 아버지로부터 시작된 비극은 그때까지도 여전히 진행 중이었다.

그로부터 얼마 지나지 않아 어머니가 사라져 버렸다.

이주원은 마을을 수차례 돌고 또 돌며 그녀를 찾았지만, 어머니의 치맛자락조차 발견할 수 없었다.

그렇게 실망감만 가득 안은 채 집으로 되돌아왔을 때.

무사들을 대동한 한 여인이 이주원을 맞이했다.

"네가 이주원이니?"

"……누, 누구세요?"

낯선 여인과 그녀를 둘러싼 무사들의 눈빛에 이주원이 경계하자, 여인은 무릎을 굽혀 눈높이를 맞추고는 미소를 지었다.

"반가워. 나는 낙화루의 방주, 청화라고 해. 듣던 대로 예쁘게 생겼네."

이주원은 여자의 말을 이해할 수 없었다. 처음 보는 사람이 친근하게 다가오는 이유도 알지 못했고, 낙화루의 방주는 또 뭔가?

도무지 답이 떠오르지 않는 상황에 이주원이 멍하니 서 있자, 청화는 예의 미소를 유지하며 무사들에게 말했다.

"뭐 하고 있어? 물건 옮기지 않고."

"네, 방주님."

그와 동시에 무사들이 이주원의 양팔을 잡았다.

"자, 잠깐……! 지금 뭐 하는 겁니까!"

정확한 사정은 알 수 없지만, 분명 좋은 의도이진 않을 것이었다.

그러니 절대로 가만히 있어서는 안 될 노릇.

이주원은 발버둥 치며 강하게 저항했다.

"어머니! 어머니!"

그러면서도 목 놓아 어머니를 불러 댔다.

지금 이 순간 의지할 수 있는 존재는 그녀만이 유일했으니 말이다.

그렇게 처절하게 몸부림치며 고래고래 소리를 질러 댈 때, 자신을 강제하던 힘이 한순간 자취를 감췄다.

청화란 여인이 손을 들어 무사들을 물린 덕분이었다.

잠시 다행이란 생각이 들었으나, 그 또한 이내 사라져 버렸다.

입가를 가리고 있던 손이 걷히자 한없이 치켜 올라간 그녀의 입꼬리가 시야에 들어온 것이다.

그 안에 담긴 것은 명백한 비웃음.

그녀가 사뿐사뿐 걸음을 옮기며 곁으로 다가왔다.

"어머니를 불러서 뭐 하려고?"

직후 더욱 짙은 조소를 머금으며 비수를 꽂았다.

"왜 널 팔았는지라도 물어보게?"

"……네?"

"자자, 여기."

청화는 종이 한 장을 들어 올렸다.

"보이지? 이게 널 팔았다는 증거거든."

이주원은 청화가 내민 서류를 집중해 읽어 내려갔다.

문관의 아들로 태어난 덕분에 일찍이 글을 읽고 쓰는 법을 배운 이주원이었다.

요약하면 이러하다.

-모든 빚을 탕감하는 대가로 아들을 낙화루에 넘긴다.

그리고 그 아래에는 어머니의 이름 석 자와 지장이 찍혀 있었다.

그렇게 종이의 의미를 파악하며 이주원의 눈동자가 요동치자 청화가 감탄을 토해 냈다.

"어머, 글도 읽을 줄 아니? 듣던 것보다 더 대단한데? 내가 상품 하나는 제대로 샀어."

만족스럽다는 듯 고개를 끄덕이던 청화가 눈매를 날카롭게 하며 말을 이어 갔다.

"봤지? 네 애미가 빚도 갚고, 남자랑 새 삶을 살기 위해 널 판 거란다."

"……."

"그게 우리 사람인 줄도 모르고 말이야."

이주원은 그제야 깨달았다.

빚을 갚은 건 그 남자가 아니라 바로 자신이었다.

"그러니까 그 좆같은 어머니 좀 그만 불러. 넌 버려졌으니까."

순간 이주원이 바닥에 털썩 주저앉았다.

극심한 충격에 저도 모르게 다리의 힘이 풀려 버린 것이다.

"이제야 얌전해졌네. 끌고 가."

"네, 방주님."

무사는 전처럼 반항하지 않는 이주원을 어깨에 짊어진 이동해 마차에 실었다.

그리곤 어딘가를 향해 이공하기 시작했는데, 이주원은 머릿속이 새하얘진 탓에 정신을 차리지 못했다.

그렇게 얼마의 시간이 흘렀는지 알지 못할 때.

"안 내리고 뭐 하고 있어!"

강압적인 무사의 외침에 가까스로 정신을 차린 이주원은 마차에서 내려 지면을 내디뎠다.

그리고 눈앞에 펼쳐진 희한한 광경을 멍하니 바라봤다.

얼마나 멀리 이동한 것인지, 어느새 한밤중이 되어 밤하늘은 깜깜했다.

그런데 그 아래 펼쳐진 거리는 대낮보다도 밝았다.

직후 조금 전 소리쳤던 무사가 조롱하듯 말했다.

"홍등가 입성을 환영한다."

그 말을 듣는 순간, 화려한 조명을 올려다보던 이주원이 급히 입을 틀어막았다.

자신의 가족을 파멸로 이끈 곳.

홍등가.

듣기만 해도 불쾌한 그곳을 직접 마주하고 있단 현실에 울컥 구역질이 치밀었던 것이다.

그러나 아무리 손으로 막아 본들, 역겨움을 억누르지 못해 한참을 게워 내야 했다.

더 이상 뱉어 낼 것조차 남지 않았을 때가 돼서야 토악질을 멈춘 그가 다시금 휘황찬란한 홍등가 조명을 바라봤다.

'나는 파괴되지 않겠다.'

멍청한 부모님처럼 쾌락에 빠져, 감정에 휩쓸려 스스로 파멸의 길을 걷지 않으리라.

그렇게 다짐하고 또 다짐했다.

그로부터 몇 년 뒤.

이주원을 파멸로 이끈 청화를 밟으며 낙화루의 방주가 되었다.

그리고 이 세상의 민낯을 보았다.

'미덕을 가진 권력자는 존재하지 않는다.'

그것이 홍등가에서 인간을 마주하며 느낀 감정이었다.

보면 볼수록 우스웠고 혐오만 늘어났다.

밖에서는 대감이라며 추앙받지만, 실상은 여자들 앞에서 허세나 부리고 돈 자랑, 권력 자랑이나 일삼는 게 고작인 놈들이었으니 말이다.

이주원이 강한 회의감에 젖어들 그때, 한 사내가 낙화루로 찾아왔다.

"기방 하나가 아닌 홍등가를 지배할 생각은 없습니까?"

선생 정해우였다.

그리곤 나찰을 이용해 세상을 뒤집어엎자며 제안했다.

그 말에 이주원은 고민하지도 않았다.

안 그래도 강력한 무력이 필요했다.

역겨운 인간들을 전부 죽여 버리기 위해.

그렇게 이주원은 정해우와 손을 잡음으로써 홍등가의 정점에 올랐고 왕국을 뒤엎을 준비를 끝냈다.

그런데 변수가 등장했다.

이서하.

선생의, 은월단의 계획을 번번이 망쳐 온 놈이 지금 이 순간까지도 앞을 막아서고 있었다.

게다가…….

"지금이라도 자수를 한다면 그들 모두를 살릴 수 있다."

마치 자신이 정의인 마냥 떠드는 꼴이 눈꼴사나워 가만히 보고 있을 수가 없었다.

기득권을 가진 자들은 단 한 번도 정의의 편에 섰던 적이 없다.

그들이 정의로웠더라면 과거의 홍등가는 존재할 수 없었을 테니까.

이 세상에 차별 따위는 발 디딜 틈이 없었을 테니까.

그렇기에 물었다.

자신이 정의라고 믿는 저 철부지에게.

"너희들의 구원자 놀이에 왜 내가 희생당해야 하는 거지? 말해 봐라. 내가 자수를 하는 건 누구에게 좋은 일이지?"

"……."

"질문이 어려웠나? 그럼 조금 더 쉽게 말해 주지. 지금 기생들을 죽이는 게 나인가, 아니면 그 잘난 국왕 전하인가?"

모든 결정권을 가지고 휘두르는 것이 누구인지를.

그러나 이서하는 생각지도 못한 대답을 뱉었다.

"하, 어이가 없어서……. 위대한 은월단의 간부가 지 똥도 못 치우는 병신일 줄이야."

그리고는 정색하며 말했다.

"하나만 존재하는 길을 걸어가는 걸 그 누가 선택이라 말하지?"

그것이 이서하의 대답이었다.

◆ ◈ ◆

얼핏 들으면 이주원 말이 옳게 들릴 수 있다.

그의 말대로 작은 사회든 큰 사회든 힘이 있는 자들이 선택권을 가지기 마련이었다.

가정에서는 부모가, 군대에서는 장군이, 그리고 나라에서는 국왕이 선택권을 가진다.

그렇듯 현 상황에서 기생을 죽이겠다, 죽이지 않겠다 결정하는 것은 국왕 전하의 몫일 수 있다.

허나, 그것은 상황의 변수를 포함하지 않았을 때만 적용되는 이야기였다.

만약 아이가 무언가를 잘못했는데 이를 무작정 눈감아 주며 넘어갈 부모가 어디 있겠나?

그것도 사람을 죽이는 중대한 잘못이라면 더더욱 그렇지 않겠는가?

혼내는 것 선택도 괴롭긴 매한가지지만, 아이가 어긋나도록 내버려 두는 것은 부모로서 책임을 다하지 않는 것이나 마찬가지.

그리고 그렇게 성장하는 것을 바랄 부모는 그 어디에도 존재하지 않을 테니까.

부모의 마음이 그러하듯, 왕국을 다스리며 온 백성의 아버지인 국왕으로서 내릴 선택은 하나뿐이었다.

"은월단은 신태민을 이용해 수도를 공격했고, 지금도 나찰과 손을 잡아 왕국을 혼란에 빠뜨리려 하고 있지. 그런 반역자를 지키려 하는 기생들을 살려 두는 게 마땅하다 생각하나? 그럼 이 나라의 기강은 어떻게 지키지?"

이주원은 대답하지 않았다.

아니, 대답할 수 없을 것이다.

"국왕 전하는 선택을 한 게 아니야."

나아갈 길은 하나밖에 존재하지 않았기에, 그 길이 아무리 가시밭길이라도 고통을 감내하며 걸음을 내디딜 뿐이었다.

"네놈들이 그런 판을 만들어 놓고서 마치 우리가 선택을 한 것처럼 지껄이다니. 어이가 없어서 웃음도 안 나오네."

하지만 이번엔 이주원이 코웃음 치며 반론을 꺼냈다.

"그래, 그렇게 생각할 수도 있겠지. 하지만 달리 보면 현 국왕은 그 정도 수준밖에 안 된다는 거다. 이서하 너도 그렇고. 과연 그것이 유일한 방법일까? 평범한 인간들처럼 문제를 쉽게 해결하려 하는 것은 아니고?"

반역자라 죽인다.

참으로 교과서적인 대답이지 않는가.

"그런 방식으로는 신유민이 원하는 세상은 결코 이룰 수 없을 거다. 그저 헛된 꿈에 지나지 않을 뿐이지."

"그래서 정해우는, 그리고 너는 바꿀 수 있고?"

"바꿀 수 있지."

이주원은 양팔을 벌렸다.

"홍등가를 봐라. 지옥과 같던 이곳을 다시금 꽃으로 만개하게 만들었다. 억압과 폭력에 죽어 갈 수밖에 없던 기생들에게도 삶의 의미를 찾아 주었지. 이미 난 국왕보다도 더 많은 사람들을 구원했다."

난 고개를 끄덕였다.

"그건 나도 인정해. 확실히 너는 누구도 해내지 못했던 일을 이뤄 낸 것이니까."

끔찍했던 홍등가를 지금처럼 나름 사람답게 살 수 있는 장소로 변모시킨 것은 대단한 업적임에 분명했다.

하지만…….

"그 모두가 너를 위한 일이었지 않나?"

"……뭐?"

"덕분에 홍등가의 유일한 왕이 되었잖아. 돈도 많이 벌었을 것이고, 자기 마음대로 홍등가를 주물렀겠지. 안 그래?"

"아니, 난 오직 홍등가를 위해 움직였다."

"그래, 그것도 인정."

그가 단순히 자기 이익을 위해 체제를 뒤엎었다면, 지금과 같은 홍등가는 존재할 수 없었다.

"홍등가는 가족을 버리지 않는다."

홍등가의 기생들이 가슴에 품고 사는 말이었다.

다른 이들은 피 한 방울 섞이지 않은 이들이 어떻게 가족이냐며 부정할지 모르겠으나, 홍등가의 이들은 모두가 이를 굳게 지키며 살아왔다.

모두가 적어도 한 번은 버림받는 경험을 겪은 이들이니까.

그 과정에서 뼈저린 고통을 느껴 봤기에 다시는 그런 상황이 벌어지지 않도록 심혈을 기울였던 것이다.

그렇기에 지금 광장에 모인 홍등가 사람들에게 있어 이주원은……

"아버지. 홍등가에서 넌 그런 존재겠지."

지금껏 냉정함을 유지하던 이주원이 순간적으로나마 움찔한 것도 동시였다.

그리고 난 그 반응에서 한 가지 사실을 유추할 수 있었고, 곧이어 이주원을 몰아붙일 최선의 수를 떠올렸다.

난 한껏 입꼬리를 올리며 왕궁 쪽을 가리켰다.

"그럼 지금 이러고 있을 때가 아니지 않나? 자식들이 위태로운 상황이면, 아버지란 사람이 가만히 있으면 안 되는 거잖아."

"……"

"뭐 해? 어서 가 보지 않고? 너를 따르는 모든 이들이 개죽음을 당하게 내버려 둘 생각이야?"

계속된 도발에도 이주원은 이를 악물 뿐 대꾸하지 못했다.

역시, 저자의 역린은 '아버지'였다.

이 정도 몰아넣었으면 이제 쐐기를 박아 줘야겠지.

"너도 알고 있겠지? 결국 자기 가족을 버리고 있다는 걸 말이야. 네 부모가 너에게 그랬던 것처럼."

그 말에 이주원의 표정이 거칠게 일그러졌다.

뱉은 말과 행동이 어긋나고 있음은 스스로도 눈치채고 있었을 것이다.

그렇기에 그가 왜 앞서와 같이 말했을지도 이해할 수 있었다.

"방식이 다를 뿐, 결국 너도 이전의 지배자들과 다를 바가 없어. 개인의 이익을 위해 남을 이용해 먹는 착취자일 뿐이야."

뛰어난 업적으로 눈을 가리고 위선으로 가리면 뭐 하나?

사람의 본질이란 건 그렇게 쉽게 감출 수 있는 게 아닌데 말이다.

한 사람을 지키기 위해 광장에 모인 수많은 이들과 달리, 이주원은 절대로 스스로를 희생하지 않을 것이다.

그것이 지금까지 감춰 왔던 그의 본래 모습이었다.

"그래, 네 말대로야. 네 말대로 방식의 차이가 있을 뿐, 모든 권력자는 착취하지. 나 또한 그랬을 테고."

더 이상 변명의 여지가 없었는지 이주원이 피식 웃으며 순순히 인정했다.

"하지만 네 말대로 이것도 변수를 포함해야 되지 않나?"

아니, 정정한다.

사람이 갑자기 변하면 죽는다는 말이 괜히 있는 게 아니었다.

이주원의 생각엔 변함이 없었다.

"홍등가는 존재해야 하고, 그로 인해 누군가는 착취당할 수밖에 없겠지. 그렇다면 내 방식이 최선이라 봐야 되지 않을까?"

그는 죄의식을 느끼지 않는다는 듯 당당하게 말을 이어 갔다.

"나는 저들에게 자유를 보장했고, 노력한 만큼의 보상을 주었다. 착취가 아닌 사람으로 대우해 줬단 말이다. 그동안 이 나라는 뭘 했지? 저들에게 관심을 가졌던 적이나 있었나?"

다시금 본론으로 돌아왔다.

이런 일이 벌어진 본질에 대한 물음이었다.

"네 말대로 이 나라는 한심하기 그지없지."

왕국이 썩을 대로 썩었음은 부정할 수 없는 사실이고, 선대 국왕들과 권력자들이 잘했다고 포장해서도 안 된다.

하지만 이 점을 동의한다고 해서 내가 이주원과 같은 생각이라는 건 절대 아니다.

"하지만."

난 그 차이를 단호하게 밝혔다.

"이제부터 바뀔 거야."

치료 과정이 두려워 상처를 안고 가는 것보단, 썩은 부위를 도려내고 새살이 돋게 만들어야 한다.

비록 흉이 지겠지만 죽는 것보단 낫지 않겠는가.

"신유민 전하께서 그렇게 만드실 거니까."

"신유민이? 이런 사소한 일도 제대로 해결하지 못하는 그 얼간이가?"

"전하께서 이 문제를 어떻게 해결하실지는……."

나는 이주원에게 다가가며 말을 끝냈다.

"지금 끌고 가 보여 주마."

바로 오늘이 신유민 전하가 꿈꾸는 새로운 세상이 시작되는 날이다.

대화는 여기까지였다.

좁은 우물 안에 갇힌 이에게 아무리 설명해 본들 내 입만 아플 뿐이다.

우물의 입구로 볼 수 있는 작은 하늘만이 전부라고 생각할 테니 말이다.

그러니 굳이 내가 이해시킬 필요는 없다.

갇힌 틀에서 꺼내 직접 확인하게 해 주면 될 뿐이다.

우물 밖에는 그가 알던 것보다 더 넓은 세상이 펼쳐져 있음을 말이다

그렇게 이주원을 향해 한 걸음을 내딛는 순간.

"거기까지입니다."

누군가 제동을 걸고 나섰고, 그로 인해 나는 작게 한숨을 내쉴 수밖에 없었다.

내 앞을 가로막은 건 역시나 전가은이었기 때문이다.

'예상치 못한 것도 아니지만.'

전가은이 이렇게 나올 것이라는 것도.

그것이 어떤 입장에서 비롯된 것인지도 나름 예상한 바였다.

내가 그녀였어도 이주원을 쉽게 배신할 수 없었을 테니 말

이다.

하지만 그렇다고 전가을을 해하고 싶지는 않았다.

비록 지금은 적으로 마주했다 하지만, 그간 그녀에게 많은 도움을 받은 것은 사실이고, 덕분에 많은 계획을 순조롭게 이뤘다.

그녀가 아니었다면 상혁이를 은악의 가주로 만드는 것조차 꽤나 난관이 되었을 것이다.

그렇기에 전가은에게 선택의 기회를 준 것이다.

얼토당토않은 이주원의 말을 받아 주면서까지 논쟁을 이어 간 것도 그런 연유였다.

이주원을 강제로 끌고 가 버리면 지금까지 그가 전가은을 어떤 생각으로 대해 왔는지 평생 모르게 될 테니까.

그리고 혹여 이주원의 실체를 깨달으면 생각이 바뀌지 않을까 하는 작은 기대를 품기도 했다.

한 사람이 아닌 일개 도구 따위로 대했던 상관을 지키고 싶지는 않을 테니까.

하지만 끝내 바라지 않았던 상황이 눈앞에 펼쳐졌다.

그녀는 모든 내막을 알게 되었음에도 고난의 길을 택했다.

나는 전가은을 바라보며 허탈하게 웃었다.

"꼭 이렇게까지 해야 합니까?"

"이해를 바라진 않습니다. 서로 생각하는 바가 다를 테니까요."

전가은은 뜻을 바꿀 생각이 없다는 듯 자세를 잡으며 말을 이어 갔다.

"그저 제 인생을 나락에서 구원해 준 은인을 죽게 내버려 둘 수 없다는 것만 알아주셨으면 합니다."

"그렇습니까?"

은인이라.

이 말을 듣고 나니 입맛이 씁쓸했다.

내가 다른 방법으로 접근했다 하더라도 결국 그녀는 지금과 같은 결정을 내릴 운명이었으니까.

'당신에겐 은인이 그런 의미였습니까?'

은월단에게 있어 이서하는 눈엣가시나 다름없는 존재였다.

만년하수오를 시작으로 매번 계획에 훼방을 놓아 왔으니까.

그래서 진명을 보냈고, 사투 도중 스스로 강에 뛰어들었으니 쾌재를 불렀을 것이다.

곧바로 정신적으로 무너질 것이기에, 강물로 몸을 내던진 것은 본인 의지로 황천 문을 연 것이나 마찬가지였으니 말이다.

그러니 은월단 소속인 전가은 또한 같은 생각이었을 테고 이성적으로 본다면 가만히 지켜보는 게 당연했다.

그러나 그녀는 물살에 휩쓸린 나를 건져 냈고, 안전한 장소에 두며 지금의 내가 있도록 만들어 주었다.

당시에는 왜 그랬는지 의아했는데, 이제야 무슨 목적으로 그렇게 행동했는지 진심으로 이해할 수 있었다.

'속한 단체의 대의보다 받은 은혜에 보답하는 걸 더 높은 우선순위에 두는 사람.'

그것이 전가은이란 사람의 기준이었던 것이다.

그렇기에 나는 안쓰러운 눈으로 그녀를 바라볼 수밖에 없었다.

지금 이 순간 전가은의 내면이 얼마나 혼란스러울지 짐작할 수 있었으니 말이다.

이주원은 위기에서 구명해 준 은인이자 삶의 의미를 만들어 준 구원자.

그러나 자신을 살린 건 헌신이 아닌 계획적 행동이었고, 가족이라 누누이 강조했던 홍등가 주민들은 이익을 창출을 위한 도구에 지나지 않았다.

지금까지 쌓아 온 신뢰가 무너졌으니 심적으로 고통스러울 건 두말할 필요도 없었다.

그럼에도 이주원이 은인이란 사실은 변하지 않는다.

은혜를 갚는 걸 무엇보다 중요시 여기는 전가은으로서는 그가 사지로 향하는 걸 지켜볼 수 없다는 말이었다.

'당신의 마음이 그렇다면…….'

전가은은 결심을 내렸고, 그것이 본인의 의지라면 이에 응해 주는 게 나에게 주어진 의무였다.

그렇게 달갑지 않은 감정을 뒤로하며 천광을 강하게 쥘 때.

전가은의 나지막한 음성이 귓가에 스며들었다.

"그리 착잡해하실 것 없습니다."

가면 아래 드러난 그녀의 입가는 미소를 짓고 있었고, 그 안엔 초연함이 담겨져 있었다.

"선인님 잘못이 아닙니다. 전 최선이라 생각되는 것을 택했을 뿐이니까요."

그녀의 말대로.

비겁해지는 것보다 이주원을 지키는 쪽을 선택한 주체는 전가은 본인이었다.

직후 그녀는 고개를 돌려 이주원을 바라봤다.

"방주님께서도 최선의 선택을 내리시길 바라겠습니다."

아무래도 조금 전 말이 나에게만 향한 것이 아니었나 보다.

부정적인 결과들만 가득하지만, 그 안에서도 최선을 찾아 선택했고 그에 따른 후회는 없다는 것.

이주원의 생각에 동의하지 않음을 간적접으로나마 드러낸 것이다.

"부디 품은 뜻을 이루시길."

그리곤 마지막 인사를 건넴과 동시에 전가은이 나에게 달려들었다.

거리를 좁히는 그녀에게서 일말의 망설임도 느껴지지 않는다.

그저 혼신의 힘을 다해 단검을 내지를 뿐이었다.

나를 상대로 단 일 합조차 버티지 못할 것이라는 걸 알지만, 스스로 내린 결정에 책임을 져야 했으니까.

"당신의 결정을 존중합니다."

그렇기에 나는 전가은의 결단에 진심으로 답해 주었다.

전력을 다해 뻗은 단검을 가볍게 피함과 동시에 전가은의 어깨를 잡고 다리를 걸며 지면에 처박았다.

"큭!"

순간적으로 나와 전가은의 시선이 교차했다.

"……그러니 내 선택도 존중해 주시길."

나는 주먹을 뻗어 전가은의 안면을 강타했다.

둔탁한 소리와 함께 가면이 산산조각 나며 흉터로 민얼굴이 모습을 드러냈다.

이내 몸을 축 늘어뜨린 전가은을 내려다보며 작게 읊조렸다.

"이것이 내가 택한 길입니다."

다른 이들이었다면 은인을 지키겠다는 전가은을 죽이거나, 그녀를 살리기 위해 이주원을 포기했을 것이다.

마주한 상황을 반전시킬 능력의 부재로 선택에 제한이 따를 수밖에 없을 테니까.

하지만 나는 다르다.

주어진 조건 외에도 또 다른 길을 만들 힘이 있었으니 말이다.

그렇기에 나는 전제된 두 가지 조건 외에 다른 선택을 내렸다.

전가은을 살리면서도 이주원을 생포하는 것.

그것이 내가 새롭게 만들어 낸 길이었다.

"잠시만 쉬고 계세요."

그렇게 전가은을 제압한 나는 이주원에게로 시선을 돌렸다.

"이제 널 지켜 줄 사람은 없는 거 같은데."

그리곤 천천히 걸음을 옮겨 거리를 좁혀 갔다.

반면 이주원은 우두커니 서서 움직일 생각을 보이지 않았다.

당연한 일이었다. 무공을 배우지 않은 듯 보이는 그에겐 더 이상 남은 수는 없을 테니까.

'최대한 생포해 돌아간다.'

은월단 소속으로 저질러 온 그가 갱생할 것이라 여길 수 없다.

그러니 죽여 후환을 없애는 방법도 있지만, 그것이 능사는 아니었다.

은월단의 은신처가 어디인지, 전력은 얼마나 되는지, 그리고 무슨 계획은 꾸미고 있는지.

그에게는 물어볼 것이 많았으니까 말이다.

물론 이주원이 곧이곧대로 대답해 주진 않을 것이다.

하지만 그도 사람인 이상 언젠가는 입을 열 수밖에 없겠지.

그렇게 지척에 다다라 이주원의 혈을 짚으려 할 때였다.

"……!"

이주원의 몸이 순식간에 거리를 벌리며 멀어졌다.

그가 의식적으로 한 행동이라고 볼 수 없었다.

어떤 준비 자세도 없이 행한 움직임이었고, 마치 무언가에 끌려가는 듯한 모습이었으니까.

수차례 경험했던 광경이자, 뒤이어 포착되는 익숙한 음기까지.

왜 이런 일이 벌어진 것인지는 금세 알아낼 수 있었다.

"……또 너냐."

나는 이주원을 붙들고 있는 존재를 올려다봤다.

이마에 수도 없이 나 있는 뿔과 백발.

청신동란 때처럼 이번에도 마지막 순간 내 계획에 훼방을 놓은 존재.

나찰 백야차가 차분한 시선으로 나를 내려다보고 있었다.

"조금만 늦었으면 헛걸음이 될 뻔했군."

그러자 이주원이 작게 안도의 한숨을 내쉬었다.

"그러게요. 생각보다 많이 늦으셨습니다."

"많이 늦었다?"

백야차는 이주원을 강하게 밀어냈다.

"마치 올 것을 알고 있었던 것처럼 말하는구나."

"당연하지 않습니까?"

이주원이 비릿하게 웃으며 말을 이어 갔다.

"당신에겐 제가 필요할 테니까요."

순간 백야차가 분을 참지 못해 이주원의 멱살을 잡아 들어 올렸다.

"그걸 알면서도, 도망칠 속셈을 꾸몄던 것이냐! 백성엽이 홍등가 전체를 학살하려 드는 마당에!"

"도망치려 했다니요. 저는 홍등가와 저, 모두가 살아남을 최상의 방법을 실행했을……!"

태연히 변명을 털어놓던 이주원은 말을 끝맺지 못했다.

멱살을 붙들던 백야차가 힘을 주며 숨을 조여 왔기 때문이다.

"……더 이상 말장난하지 마라. 네놈이 내 동생을 버리고 도망치는 걸 가만히 두고 볼 줄 알았나?"

혈족이라곤 아버지와 백야차, 그리고 여동생 셋밖에 없는 조촐한 구성이었지만, 그래도 나름 괜찮은 삶을 살았었다.

하지만 붉은 예복을 입은 남자가 찾아오며 한순간에 평화로운 일상은 파탄을 맞이했다.

백 이상의 무사들을 이끌고 찾아온 그는 아버지를 죽이고 동생을 납치해 갔다.

아니, 동생은 스스로의 의지로 인간들의 제안을 받아들였다.

보잘것없던 오라비를 지키겠다는 일념으로 말이다.

덕분에 꼴사납게 홀로 살아남았던 백야차는 복수를 다짐하며 힘을 길렀다.

당시 동생을 끌고 간 이는 홍등가의 방주 중 한 사람.

결국 이스미는 홍등가에 있고, 동생을 되찾기 위해선 그 안으로 들어가야 한다는 말이나 다름없었으니 말이다.

그렇게 은월단에 합류하며 홍등가 출입이 자유로워진 그는 은밀히 동생을 찾아 헤맸다.

덕분에 처음으로 흔적을 발견할 수 있었고, 이를 쫓아 동생에게로 향했다.

그러나 마지막이라 생각하며 찾아간 장소엔 이스미가 없었고, 얼마 지나지 않아 다른 곳에서 그녀와 관련된 흔적이 발견되었다.

그 과정은 최근까지도 계속 반복되었다.

이주원이 자신을 낙화루로 부르기 전까지는 말이다.

지금껏 모른 체했던 것과 달리 그는 처음으로 동생의 존재를 언급했다.

또한 이를 알려 줄 테니 자신의 안위를 보장해 달라는 제안을 건넸다.

그것이 선생에게서 홍등가의 소식을 듣자마자 극한의 분노를 느끼며 달려온 이유였다.

동생의 행방을 아는 이주원을 지켜야 했으니까.

다만 삼 일 전에 출발했음에도 지금에서야 나타난 것은, 혹시나 홍등가에 있을지 모를 동생을 찾아 헤맸기 때문.

그러나 내부를 샅샅이 뒤졌음에도 발견하지 못해 계획대로 이주원을 찾아온 것이다.

백야차는 손아귀의 힘을 풀면서도 기세를 담아 말했다.

"당장 말해라. 이스미는 어디 있지?"

그러나 다급한 백야차와 달리, 이주원은 호흡을 고르며 차분함을 되찾는 데 집중할 뿐이었다.

얼마 후 안정을 되찾은 그가 예의 태연함을 내비치며 말했다.

"걱정하실 거 없습니다. 동생분은 안전하니까요."

"안전하다?"

"미리 피난을 시켜 두었습니다. 저만 아는 곳에."

"그 장소가 어디지?"

"지금 알려 줄 이유는 없지 않겠습니까?"

이주원은 비릿한 미소로 말을 이어 갔다.

"제 제안을 완벽히 이행하지 않았으니까요."

백야차는 일종의 보험이었다.

작전이 잘못되었을 때를 대비한.

즉 이주원에게 있어 백야차와 그의 동생은 그저 자신을 지키기 위한 도구 중 하나였을 뿐이었다.

"이 망할 인간 놈이……!"

분노한 백야차는 흉흉한 살기를 뿜어내며 죽일 기세로 손을 들어 올렸다.

이에 이주원은 당당하게 고개를 내밀었다.

"죽이고 싶다면 원대로 하시죠. 어차피 당신 손에 죽나, 이서하에게 끌려 가 죽나 결과가 달라지는 건 없으니까요."

그러면서 입꼬리를 비틀어 올렸다.

백야차가 죽이지 못할 것을 확신하기 때문이었다.

자신의 도움 없이는 동생을 평생 만나지 못할 테니까.

이주원의 생각대로 백야차는 조용히 손을 내렸다.

"그러셔야죠. 하나밖에 남지 않은 혈족이지 않습니까?"

같은 종족이라도 협력하는 일이 드물지만, 반대로 혈족만큼은 끔찍하게 아끼는 게 바로 나찰이다.

그리고 백야차에게 남은 혈족은 이스미 하나뿐.

거기다 같은 피를 이어받은 친동생이었으니, 아무리 이용하려는 의도가 눈에 훤히 보인다 할지라도 백야차는 순순히 뜻에 따를 수밖에 없었다.

"내 동생이 무사해야 할 거다."

백야차는 마치 상황이 정리라도 됐다는 듯 이주원을 옆구리에 끼웠다.

그리곤 몸을 돌려 움직이려는 찰나.

"너희 지금 뭐 하나?"

여태껏 묵묵히 지켜보고 있던 나는 황당한 표정으로 둘을 쳐다봤다.

이것들이 가만히 있었더니 내가 호구로 보이나.

지들끼리 북 치고 장구 치고 가관도 이런 가관이 없었다.

"이대로 가려고? 누구 맘대로?"

나의 말에 백야차는 힐끗 돌아보더니 혀를 찼다.

"지금은 너를 상대해 줄 시간이 없다. 이서하."

"시간이 있고 없고는 네 사정이고. 난 그놈을 데려가야 하니까 당장 내려놔."

"그러려면 날 죽여야 할 거다."

"방법이 그것뿐이라면야……."

나는 극양신공을 발동함과 동시에 백야차를 향해 도약했
고 백야차 역시 이주원을 안은 채 빠르게 움직였다.

이제부터는 단순 경공 싸움이었다.

백야차의 요술은 상대를 자신에게 끌어들이는 것이기에
바보가 아닌 이상 사용할 리 없었으니 말이다.

다만 변수가 있다면…….

"이서하!"

은빛으로 몸을 빛내며 두 나찰이 양쪽에서 협공을 가해 왔다.

한쪽은 붉은 머리의 여성이고 반대편은 장검을 든 남성.

외형과 상황을 고려하면 둘의 정체는 금세 떠올릴 수 있었다.

'여성이 유비타, 남성이 아카.'

대곤산맥 때는 아린이와 상혁이가 상대했던 나찰이었다.

당시에는 백야차 하나만 상대하는 것만으로도 벅차 동료
들의 도움이 필요했으나, 지금은 상황이 다르다.

위대한 일곱 혈족도 아닌 나찰을 상대하는 건 그리 어렵지
않은 일이니까.

그리고 가장 먼저 제거해야 할 대상은…….

'아카다.'

상혁이가 상대했던 나찰이다.

아니나 다를까.

내가 그를 향해 돌진하자 아카는 바로 요술을 사용했다.

"무저갱(無低坑)."

그 순간 어둠이 나를 감쌌다.

시각, 청각, 후각 등 모든 감각이 사라진 공간.

왕자의 난 사건 이후, 백야차 일행을 상대했다며 자랑하던 상혁이의 말대로였다.

"완전 감각이 다 없어져서 당황했었다니까."

"그래서 어떻게 나왔었는데?"

"나?"

당시 상혁이는 이렇게 말했다.

"그냥 힘으로 찢었지."

상혁이답게 단순한 방법이었다.

하지만 그만큼 확실한 방법이기도 했다.

그렇게 생각을 마친 나는 염제의 반지에 양기를 불어넣었다.

이윽고 반지가 기운을 증폭시키는 게 느껴졌고.

"터져라."

나의 말과 함께 반지에서 뿜어져 나온 화기(火氣)가 어둠을 산산이 찢어발겼다.

"크악!"

"아카!"

그 순간 날카로운 비명과 당황하는 음성이 들려왔다.

뒤이어 마비됐던 시각이 돌아오자 아카를 안고 다급히 도망가는 유비타의 뒷모습이 보였다.

"미친놈! 언제 저렇게 강해진 거야!"

애초에 시간을 버는 게 목표였는지 두 나찰은 백야차와 다른 방향으로 멀어지고 있었다.

'쯧.'

더군다나 그 찰나의 순간에 백야차는 따라잡을 수 없을 만큼 거리를 벌린 뒤였다.

경공 수준이 전보다 월등히 높아진 것이다.

물론 경공이 수준급이라는 것이 곧 뛰어난 실력으로 귀결되진 않는다.

하지만 과거 백야차의 위용을 기억하기에, 그리고 지금의 내 경지와 비교한다면 그 또한 더욱 강해졌다는 건 부정할 수 없을 것이다.

'낭패다.'

백야차의 부하들을 뒤쫓는 건 일도 아니었다.

하지만 그건 의미 없이 시간만 소비하는 꼴이었다.

바보가 아닌 이상 곧바로 백야차와 합류하지는 않을 테니까.

'이것저것 말해 줄 리도 없고.'

두 나찰을 죽이는 결과밖에 없다면, 거기에 시간을 낭비할 필요가 있을까?

그보다는 더 중요한 일에 집중해야 한다.

그렇게 아쉬움을 뒤로한 채 낙화루로 돌아왔을 때.

"이제 정신이 듭니까?"

때마침 전가은이 깨어나 몸을 일으켰다.

빠르게 상황을 판단한 그녀는 이해가 되지 않는다는 얼굴로 물음을 던졌다.

"……왜 저를 죽이지 않으신 겁니까?"

"그러고 싶었으니까요."

나는 전가은의 곁으로 다가가 자세를 낮춰 눈높이를 맞췄다.

"가족에게 버림받은 것으로 모자라, 이주원에게까지 버려지며 삶을 마무리하는 건 너무 아쉽지 않겠습니까?"

자신의 인생이 토사구팽으로 끝나길 바랄 이가 어디 있을까.

그렇기에 나는 의도적으로 그녀를 살렸다.

타인이 부여한 의미에 의지해 살아가는 존재가 아닌, 스스로의 의지로 인생을 꾸려 가길 바라며.

"광장에 모인 홍등가 사람들에게도 해당되는 말입니다."

그들도 전가은과 같은 존재였다.

아직 깨닫지 못했을 뿐, 결국엔 이주원의 농간에 놀아난 피해자나 다름없으니 말이다.

"하지만……."

전가은은 체념한 듯 말을 이어 갔다.

"방주님은 이미 떠나셨습니다."

"당연히 다른 방법을 사용해야겠죠. 그래서 말인데, 한 가지 부탁을 드려도 되겠습니까?"

"……."

전가은은 영문을 모르겠다는 듯이 나를 바라보았다.

당황스러울 것이다. 방금 전까지는 적이었던 자가 협력을 구하고 있으니.

하지만 전가은은 금세 평소의 표정으로 되돌아왔다.

이 순간 그녀가 할 일은 정해져 있었으니 말이다.

홍등가는 서로를 가족으로 여긴다.

그리고 구성원이 위기에 처해 있다면, 이를 지키는 것 또한 가족으로서의 의무였다.

"제가 무엇을 하면 되겠습니까?"

"간단합니다."

나는 전가은의 손을 잡으며 미소를 지어 보였다.

"저와 함께 광장으로 가 주시면 됩니다."

그녀가 바로 이주원이 홍등가를 버렸다는 증인이 될 것이었다.

〈18권에 계속〉

잇츠
초촌 현대판타지 장편소설
IT'S MY LIFE

마이라이프

무심코 내뱉은 술주정이 현실로?
다사다난했던 1983년으로 회귀하다!

우연한 술자리에서 속마음을 털어놓은 것은,
그저 가슴속 멍울을 해소하기 위한 몸부림이었다.

"솔직히 좀 부럽더라고요.
그런 인생을 살고 싶었거든요"

대기업 마케터로 잘나갔고, 작가의 삶도 후회하지 않는다.
마흔이 넘도록 내세울 것 하나 없다는 것만 빼면.
그래서 푸념처럼 했던 말인데, 정말로 현실이 될 줄이야.
5공 시절의 따스한 봄날, 7살의 장대운이 되었다.

지금이 아니면 다시는 돌아오지 않을 기회.
제대로 폼나게 살아 보자.
이 또한 장대운, 내 인생이니까.